琼 瑶
作 品 大 合 集

冰儿

琼瑶 著

作家出版社

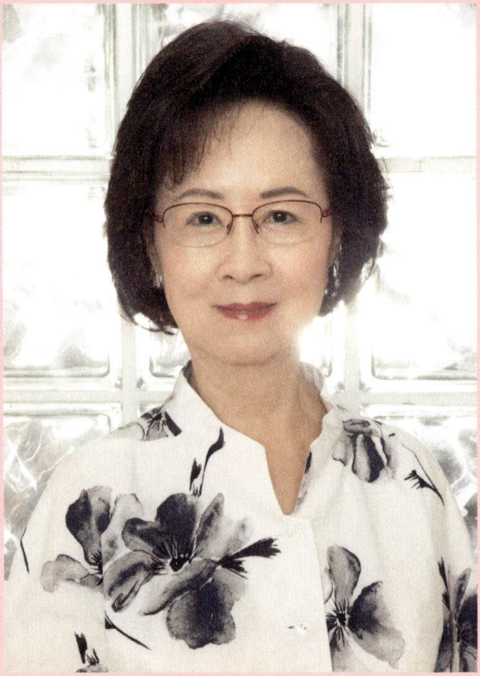

琼瑶，本名陈喆，作家、编剧、作词人、影视制作人。原籍湖南衡阳，1938年生于四川成都，1949年随父母由大陆赴台生活。16岁时以笔名心如发表小说《云影》，25岁时出版首部长篇小说《窗外》。多年来笔耕不辍，代表作包括《烟雨蒙蒙》《几度夕阳红》《彩云飞》《海鸥飞处》《心有千千结》《一帘幽梦》《在水一方》《我是一片云》《庭院深深》等。

多部作品先后改编成为电影及电视剧，琼瑶也因此步入影视产业。《六个梦》系列、《梅花三弄》系列、《还珠格格》系列等，影响至深，成为几代读者与观众共同的记忆。

琼瑶以流畅优美的文笔，编织了众多曲折动人的故事。其作品以对于梦的憧憬和爱的执着，与大众流行文化紧密结合，风靡半个多世纪，成为华文世界中极重要的文学经典。

我為愛而生，我為愛而寫
文字裡度過多少春夏秋冬
文字裡留下多少青春浪漫
人世間雖然沒有天長地久
故事裡火花燃燒愛也依舊

我要告诉你一个故事。

中国有许多笔记小说，有许多传奇故事，我要告诉你的这个故事很短，出自一本名叫《琅嬛记》的书。

据说，有一位书生，名字叫沈休文。有一天，沈休文在他的书房中独坐读书，当时天正下着小雨，风飘细雨如丝。沈休文忽然看到有个女孩，手里拿着纺纱织布用的络具，她一边走，一边把雨丝收束起来，用络具纺着雨丝。就这样随风引络，络绎不断。纺着纺着，她就走进了沈休文的书斋，把她用雨丝所纺成的轻纱，送给了沈休文，并且告诉他说：

"这丝名叫冰丝，送给你做成冰纨。"

说完，这女孩就不见了。沈休文后来把冰丝做成衣裳，又做成扇子，终年随身，视为珍宝。

第一章

她走进他那私人诊所的时间，大约是午夜十二时五分左右。天空下着毛毛细雨，二月的冬夜，天气冷得出奇。白天，全是患流行性感冒的大人孩子，挤满了小小的候诊室。到了晚上，病人就陆陆续续地减少了。十一点前，他送走了最后一个病人，十一点半，值夜班的两位护士黄雅一和朱珠都走了。他一个人把诊所前前后后都看了一遍，本来该关上大门，熄灯，上楼睡觉去，却不知怎的，在候诊室的沙发上坐了下来，对着玻璃门外的雨雾，静静地凝视着，就这样看出了神。

大约由于白天的喧闹，夜就显得分外地寂静。他看着玻璃门上，雨珠慢慢地、慢慢地滑落，非常静谧。一天里，只有这么短短的一段时间，是属于自己的，他喜欢这份沉寂。雨夜中，诊所外悬挂的那块牌子"李慕唐诊所——内科、小儿科"兀自在夜色里亮着灯。

"年轻的李医生！"他想着母亲志得意满的话，"才三十岁呢，就挂了牌了！""书呆子李医生！"他想着父亲沉稳而骄傲的语气，"除了书本和病人以外，什么都不知道！""怪怪的李医生！"朱珠的话，"他硬是把古典和现代集于一身！"有一些喜欢朱珠吗？他在夜色中自问着。是的。他诚实地自答着。不只有一些，而是相当多。医生喜欢自己的护士，好像是天经地义的事情。朱珠，娇小玲珑的朱珠。他喜欢她，只为了她那句"硬是把古典和现代集于一身"。解人的女孩子，很会表达自己思想的女孩子，也是很能干的女孩子。

就在他想着朱珠的时候，墙上的挂钟敲了十二响。他静静地坐着，面对着玻璃门。他并没有听到脚步声，只模糊地看到一个人影，接着，玻璃门被推开了。

他睁大了眼睛。一个穿着白纱晚礼服的女孩正站在门口。她双手撑开了弹簧门，放进了一屋子冷冽的寒风。她就那样拦门而立，低胸的晚礼服，裸露着白皙而柔嫩的肌肤，看起来颇有寒意。曳地的长裙，裙裾遮住了脚和鞋子，下摆已在雨水中沾湿了。她有一头凌乱的短发，乱蓬蓬的，被雨水湿得发亮，短得像个小男生。短发下，是张年轻、姣好，而生气蓬勃的脸。皮肤白，眼珠乌亮，嘴角带着个甜甜的微笑，看起来是神采奕奕的。显然，她完全无视雨雾的寒瑟，她的笑容温暖如春，眼波明媚

3

如水！李慕唐整个身子都挺直了，不能置信地望着眼前这景象。她站着，雨雾和灯光在她身后交织成一张朦胧的大网，她是从这张网里走出来的，双手还仿佛各握着一束雨丝呢！

迷路的辛德瑞拉！他想着，却找不着她身后的南瓜车。午夜十二时，迷魂的时刻，他八成看到了什么幻象。或正在一个梦中尚未醒来。他摇摇头，又甩甩头，累了！这一天确实很累了！再看过去，那女孩仍然亭亭玉立。现在，那笑容在她脸上显得更深了，眼珠更亮了，小小的鼻头上，沾着几颗雨珠。迎着灯光，那脸孔的弧线柔和细致。她笑吟吟地看着他，笑容里，充满了天真无邪。她看来非常年轻，也非常青春。

"请问，"她忽然开了口，声音清脆悦耳，咬字清晰，"李慕唐医生在吗？"

他从沙发里跳了起来，这才有了真实感。"哦，是，我就是。"他有些急促地答着。

"噢，那就好了！"她透了口如释重负的长气，双手一放，那弹簧门在她身后合拢了，把雨雾和寒风都留在门外，她轻巧地走了进来，脸上的笑容更深更深了，眼睛里，充满了阳光，整个人是明朗而喜悦的，"我真怕找不到医生。"

"谁病了？"他问，想进去拿他出诊用的医药箱，脑子中已勾画出一个狂欢舞会后的场面，有人醉酒，有人打架,有人发了心脏病,"你等着,我去拿医药箱。"

"不必不必。"她笑得非常诚恳,"病人就是我。"

"哦?"他呆住了,注视她。她双眸清亮如水,嘴唇上有光润的唇膏,她化着妆,看不出脸色有什么不对,从眼神看,她百分之百是健康的。

"不要被我的外表唬住。"她笑嘻嘻地说,"如果你不救我,我想我快死了。"

"哦?"他愣着。午夜十二时以后,有个闲来无事的女孩,走进诊所大门,来跟他开一个小小的玩笑,"你快死了?"他打量着她。

"真的。"她认真地说,依然笑着,"经过是这样的。今天晚上七点钟,我换好了我这件最漂亮的衣服,去赴一个宴会,结果,这宴会的男主人失约了。八点钟,我回到我租来的公寓里,我同住的女友还没有归来。九点钟,我写了遗书。十点钟,我把一头长发剪短了。十一点钟,我吞下一百粒安眠药。十二点钟,我后悔了,不想这么早就死,所以我走出公寓,看到了你的诊所还亮着灯光,我就这么走了进来!"

"哦?"他应着,瞪大眼睛,仔细看她,"你说的是真话?"

"那种药的名字叫导美睡。"她有两排黑而长的睫毛,扬起睫毛,她带笑的眸子渐渐笼上一层薄雾,"奇怪吧!吃了一百粒,居然毫无睡意。当然,也可能我买

5

到假药了，说不定什么事都没有，可是，我不敢冒险，我必须把这一百粒药从我身体里除去。"她的声音清脆悦耳，只是稍快了一点，像流水流过小小的石坡。"所以，李医生，你要做的事不是发呆，而是给我洗胃灌肠什么的……我想，我想……"她唇边闪过一个更深的笑，"哎，我想，这药大概不是假药了！"

说完，她的身子一软，整个人就向地上溜去。

他飞快地伸出胳膊，那女孩就软软地倒进了他的怀里。他瞪视着怀中那张年轻的脸庞，还没从意外和惊愕中恢复，可是，医生的直觉告诉他，这女孩说的每一句话，都是真的了。

接下来，是一阵手忙脚乱的急救。

首先，他把女孩抱进诊疗室，放在诊疗床上，翻开那女孩的眼皮看了看，又拍打了一阵女孩的面颊，没有用。她沉沉地睡着，头歪在枕头上，他注意到她那头参差不齐的短发了。确实是刚刚剪过的。洗胃吧！必须立刻洗胃。

洗胃是件痛苦的事，又没护士在旁边帮忙，他把管子塞进了她的嘴中，直向喉咙深处推入。女孩被这样强烈的救治法弄醒了，她睁开眼睛，呻吟着，挣扎着，想摆脱开那一直往她胃部深入的洗胃器。他一面灌入大量的洗胃剂，一面去按住她那两只要拉扯管子的手。

"躺好！"他命令地喊，"如果你想活，帮我一个忙，不要乱动！"

她想张嘴，管子在嘴中，无法说话，她喉中咿唔，眼睛睁大了，有些困惑地看着他，接着，那眼光里就浮起一抹哀求的意味，有几颗小汗珠，从她额上冒出来了。

他知道他把她弄痛了，不只痛，而是在搅动她的肠胃呢！很苦，他知道，却不能不做。他注视着洗胃器，不能看她的眼睛，几分钟前那对神采奕奕、喜悦明朗的双眸，怎么被他弄得这么哀哀无助呢？他几乎有种犯罪感，莫名其妙的犯罪感！

抽出洗胃器，女孩立刻翻转身子，差点滚到地上去，他手忙脚乱去扶住她。女孩把头扑向床外，张开嘴，他又慌忙放开女孩，去拿呕吐用的盂盆。来不及了，女孩已经吐了一地。他诅咒着自己，应该先把吐盂准备好的，当挂牌医生虽然才短短一年，实习时也见多识广，怎么搞的，今晚就如此笨拙！他把吐盂放在床前，女孩开始大吐特吐，这一阵吐，似乎把那女孩的肠胃都吐掉了，当她终于吐完了，她躺平了，对他呻吟着说："水！对不起，水！"

他急忙递过一杯水来，凑到她的唇边。她接过杯子，漱了口，把杯子还给他。

"你还会觉得恶心。"他说，"还会断续想吐。"

她张大眼睛，望着他，无言地点点头。

他开始准备生理食盐水的注射。女孩望着那吊瓶和注射器，眼中闪过了一抹惊惶。

"我……我想，"她喘着气，那场翻江倒海般的折腾，已把她弄得筋疲力尽，"我没事了，我……我想……我不需要打……打针。"

"你想什么都对事情没帮助。"他说，声音里开始充满了怒气，他忽然对这场闹剧生气了。这个年纪轻轻的女孩，仅仅为了男友失约了，就拿自己的生命开了这么大的玩笑！如果她药性早半小时发作，她说不定正昏迷在她的房间里，没半个人知道！如果她药性早十分钟发作，她可能已昏倒在马路上，被街车碾成肉泥！幸好她及时走进他的诊所！幸好！"躺平！不要乱动！这生理盐水，是要洗净你身体里的余毒……喂喂！不要睡着！"他拍打她的面颊，她的眼睛又睁开了。

"我……很累。"她解释似的说，"我已经二十四小时没睡过觉了。"

"哦，为什么？"他问，用橡皮管勒住她的胳膊，找到静脉，把针头插了进去。

"为了……唉！他呀！"她轻声地说。

"什么？"他听不懂。把针头固定了，看着食盐水往她体内滴去，他这才真正松下一口气来。"好了！"他的精神放松了，"现在，让我来听听你的心脏！"

他拿了听筒，把听诊器贴在她胸前。她被那冰冷的金属冰得跳了跳，缩缩脖子，她又笑了，像个孩子般地笑了，说：

"哦，好冷。"她的心跳得强而有力、沉稳而规则。这是颗健康的、年轻的、有活力的心脏！他满意地放下听筒，收了起来。四下环顾，这诊疗室弄得可真脏乱，他就受不了脏乱！他站起身，开始收拾一切，洗胃器、吐盂、针筒……然后，又去后面拿拖把来拖地，当他把一切都弄干净了，他洗了手消了毒。然后，他折回到她身边。由于她一直很安静，他想她已经睡着了。可是，当他站在她面前时，他才发现她正静静地睁着眼睛，静静地望着他。"对不起，"她低声说，"带给你好多麻烦！"

钟当当地敲了两响，凌晨两点钟了。

他看了看她，这时，才把她看得清清楚楚。她面颊上的胭脂、唇上的口红，以及眉线眼影……都早就被擦到被单枕头上去了，如今，在残余的脂粉下，是张非常清纯而娟秀的脸，有份楚楚动人的韵味。眉毛疏密有致，眉线清晰，额头略宽，显得鼻梁有些短，但，那对晶亮的眼睛，弥补了这份缺陷，眼睛是大而清朗的，嘴唇薄薄的，牙齿洁白细小，笑起来尤其动人。唔，笑起来？是呀，她又在笑了。真奇怪！一个自杀的女孩，从走进医院，除了被他折腾得天翻地覆那段时间以外，她几乎一直在笑。

"好了！"他咳嗽一声，为什么要咳嗽呢？喉咙又没有不舒服，他只是被这女孩的笑弄得有些糊涂罢了。他拖了一张椅子,在病床前坐下。真糟,这小诊所又没病房,也无法把女孩转到病房去。这样一想,才发现一直疏忽的一件要事!

他从桌上取来了病历卡,看了女孩一眼。女孩仍然微笑着,很温柔地微笑着。

"名字呢?"他问,十足医生与病人间的问话。

"哦?"她呆了呆。

"我说,名字呢?"他加重语气。

"徐——世楚。"她轻声说,声音像吹气,似乎怕这名字被人偷听到了。

"什么?"他听不清楚,"双人徐?徐什么?"

"双人徐,世界的世,清楚的楚。"

"徐世楚。"他记了下来,这女孩有个像男人的名字,"年龄呢?"

"年龄……"她笑,犹豫着,"年龄……"

"是的!年龄!正确的年龄!"这种小女孩,已经懂得瞒年龄了?

"二十七……"她眼神飘忽,笑容在唇边顿了顿,"不。二十八了。"

不可能!他想,瞪着她。她笑得很真挚,很诚恳。只是,眼神不那么清亮了,眉端有点轻愁,几乎看不见的轻愁。他狐疑地上下打量她,忽然想到她一进门时说的话:

"不要被我的外表唬住。"

唔,不要被她的外表唬住!她看起来实在太年轻了,怎样也无法相信她有二十八岁!不过,这时代的女人,你确实很难从外表推断年龄的。他姑且记下,再问:"籍贯呢?"

"湖南。"

湖南?怪不得,湘女多情呢!"住址呢?"

"住址——"她又犹豫了,张开嘴,打了个呵欠,眼神更加飘忽了,她闪动睫毛,轻语了一句,"我好累。"

"住址!"他加重语气说,"你必须告诉我住址!"

"住址,"她应着,眉头轻蹙,似乎在思索,"南京东路,不,不,是忠孝东路……"

"喂喂!不要瞎编!"

"真的。"她又打了个呵欠,"才搬的家呀!"

"好吧,忠孝东路几段几号?"

"忠孝东路五段一〇四九巷七号之一。"

"电话号码?"

"电话——"她合上眼睛,声音模糊。"我真的很累了,"她乞求地,"让我先睡一睡好吗?"

"先告诉我电话号码!"

她侧过头去,低语着:"我不能告诉你电话号码。"

"为什么?"

"如果……"她倦意更重了,眼睛闭上了,"如果他知道我自杀未遂,他会跑来把我干脆杀掉!"

哦!原来和男友在同居!他怔了怔,呆呆地看着躺在眼前的女孩——不,是女人!老天,如此清丽的脸庞,如此纤秀的身段!怎么听起来好像在人生的旅途上已经跋涉很久了?已经历经风霜了?他沉思着。

钟敲了三响。他惊跳了一下,再看过去,那女孩,不,是女人,已经睡着了。他看看手里的资料,眨眨眼睛,不信任地再看看她,俯身过去,他推推她的胳膊:

"醒醒!喂喂,徐……徐小姐!你必须告诉我你的电话号码,我要通知你的家人把你接回去!喂喂,徐……"他看看病历卡,大声地喊,"徐世楚!"

她忽然整个人惊跳起来,眼睛立刻睁开了,她慌乱地四下张顾,惊慌失措地、震动地问:

"在哪儿?他在哪儿?"

"什么?"他不解地瞪着她,"谁在哪儿?这儿只有我和你!"

"可是……可是……"她挣扎着想坐起来,眼光仍然四下搜寻,"我听到……我听到有人在叫他的名字!"

他伸手按住她的身子,那生理盐水的瓶子架子摇得哐哐啷啷响。"别动!"他嚷着,"你听到什么?"

"徐——世楚呀!"她答着,声音焦灼而紧张,她的眼光有些昏乱而迷糊起来。她茫然四顾,嘴唇发青了,她用微微颤抖的声音,低喃着说:"世楚,你来了?你——在哪儿呢?你——不要生气……世楚……世楚……"她发现室内没人了,她困惑地看他,一脸的迷茫、不解、慌乱,与倦怠,"他在哪儿呢?"

李慕唐忽然明白过来了。他瞪着手中的病历卡,有点啼笑皆非地问:"原来,徐世楚根本不是你的名字?"

听到"徐世楚"三个字,她又整个人惊跳了一下。

"世楚——"她再度看看四周,摇摇头,她叹了口气,又像失望,又像解脱般地松懈下来,"他不在。我要睡了。"

"别睡别睡,"他阻止着她,"我记了半天的资料,徐世楚,二十八岁,住在忠孝东路……原来,这些全是你男朋友的资料?是吗?"

"是呀,是呀。"她应着,合上了眼睛。

"那么,你是谁呢?"

"我?"她语音模糊,倦意很明显地征服了她。那一百粒安眠药的残余药性在发作了,她低语,"我要睡了!"

接着,就沉沉睡去了。

李慕唐医生看着自己手里的病历卡,一种荒谬的感觉由他心底生起。他抬起头,望望窗外的雨雾,这是怎样传奇的一个晚上!他再掉头去看那女人,不,是那女孩——打死他他也不会再相信她有二十八岁!她顶多二十罢了。那女孩睡得好沉呀,怎么办呢?总得有个人看着,让生理盐水继续注射。万一瓶内的注射液光了,

13

空气进去就糟了。他叹口气，取来一条毛毯盖住那女孩单薄的身子。盖上毛毯时，他才发现那女孩脚上穿着双白缎半高跟的鞋子，已被雨水沾得湿漉漉的。他为她脱掉鞋子，放在一边，用毛毯连她的脚一起裹住。然后，他终于坐了下来。这一坐下，才感到整天的工作，和整晚的折腾，疲倦已在他四肢百骸中扩散。他沉进了椅子深处，怔怔地凝视着面前这张熟睡的脸孔。看样子，他心里模糊地想着：我只好做你的特别护士了。但是，你叫什么名字呢？

第二章

钟敲六响的时候,李慕唐突然惊醒了。

他有一秒钟的恍惚,不知道自己怎会坐在诊所的藤椅里,接着,他立刻醒觉,扑过身子去,女孩仍好梦正酣,但是,一瓶生理盐水几乎快注射完了。真疏忽,他为自己居然"打了个盹"而生气,看样子当特别护士都没资格!他站起身子,给女孩换上一瓶新的生理盐水。

女孩被瓶子的叮当声弄醒了。她极不舒服地在诊疗床上蠕动着,毯子滑下来,她那半裸的肩,在冬季的凌晨,看来是不胜寒瑟的。"唔。"她哼着,扬起睫毛,不安地四顾。

他看看注射瓶,经验告诉他,她需要去洗手间了。

"洗手间在后面,"他说,"我帮你拿着瓶子,你自己走过去吧!"

她飞快地看了他一眼,慢吞吞地从床上坐了起来,一瞬间,她似乎有些晕眩,他慌忙扶住她,她低头找自己的鞋子。他为她另外拿来一双拖鞋。她低着头,穿上拖鞋,他拎着生理盐水,扶着她向洗手间走去。走了一半,她停下了,回头看他,脸颊蓦地绯红了,眼里有窘迫的表情。"你——没有护士吗?"她问。

"对不起,我这儿是小诊所,从不留病人过夜,通常遇到严重的病人,我会转到大医院里去。我的护士,到晚上十一点就下班了。今晚这种事,我还是破天荒第一次遭遇到。所以,请将就一点吧!"

"我不是不将就。"她又笑了,窘迫地笑着,羞涩地笑着,一个爱笑的女孩!"我是不好意思。"她直说,"你让我自己拿着瓶子进去吧!"

"你行吗?"他怀疑地问。不知怎的,竟感染了她的尴尬,"要小心那针头,不能滑出来。"

"我知道。"她局促地笑着,用没注射的右手,握住瓶子,用那只插着针头的左手提着裙子——老天,她还穿着那件像新娘礼服似的白纱长裙!她就这样又是管子又是针头又是瓶子,叮叮当当、拖拖拉拉、摇摇摆摆地进了洗手间。

他实在有点提心吊胆,不禁侧着头,倾听着洗手间里的动静,瓶儿仍然响叮当,半晌,大约是完事了,水龙头开了,她居然还要洗手呢!他就不能想象,她一手拿着瓶子，怎么洗手，正如同他不能想象，她一手拿着瓶子，怎能办其他的事一样。他还没想清楚，洗手间里已传来一阵"哐哐啷啷"的响声，接着就是玻璃的破碎声。

他冲进了洗手间。她正站在镜子前面，一手扶着镜子，那生理盐水瓶子大约是撞上了洗手槽，碎了一地的玻璃片，她呆站着，像个闯了祸的孩子。"我……我……"她嗫嚅着。

他飞快地走过去，先拔下她手腕上的针头，连管子带破瓶子扔进字纸篓。她如释重负地甩了甩手，说：

"我只是想洗洗脸，"她再看镜子，立刻一脸惶恐和惊吓，"老天，我怎么这么丑？我的头发……啊呀！你瞧我做了些什么！我把头发都剪了！啊呀！你看我多丑啊！"她慌忙用双手接了水，扑到脸上去，用力想洗去脸上的残脂剩粉。"我……简直像个母夜叉！"嗯，母夜叉！最美丽的母夜叉。穿着轻纱薄雾，踏着细雨微风，半夜来敲门的母夜叉！他吸口气，心里又涌上那股啼笑皆非的感觉。女人，你到底是种怎样的动物？你会在几小时前，连生命都放弃，在几小时后，却在乎起自己的美丽来！

"喂！小姐！"他忍不住开了口，"你能不能走出来，让我把里面收拾一下？假若你再被碎玻璃割到，我又要充当外科医生，为你缝伤口了。"

"哦哦。"她的脸颊又红了。

爱红脸的女孩！洗干净了的脸庞显得清爽整洁，容光焕发，看来，她是没什么"病"了。"真糟糕！"她看着满地碎玻璃，"我来清理吧，你告诉我，你的扫把和畚箕在哪儿？"

"小姐，拜托你出来好不好？小浴室容纳不下我们两个人，何况你的长裙子，拖来拖去也真不方便，你如果真想帮忙，就回到你的床上去躺一躺！"

"我真的可以收拾。"她蹲下身子，去捡玻璃片。

他也蹲下身子，一把握住她的手腕，用命令的语气说：

"出去！我从不允许病人来帮我收拾洗手间！"

她抬眼看了他一会儿，站起身子，她默默地走出去了。

他开始清扫那些玻璃碎片，这才发现，碎片范围极广，几乎水槽上、窗台上、浴池里、地上……全都是。他用扫把扫了一遍，觉得仍有碎片没除干净，看看天色，窗外，曙色已染白窗子。如果不弄干净，那些来看病的孩子非受伤不可。他在弯腰捡拾着窗台上的玻璃碴，忽然，那女孩的声音在门口响了起来："你出来！我来弄！"他一抬头，愣住了。女孩已换掉了她那件"礼服"，现在，她穿着件护士的白衣，大概是她从壁橱里找出来的，脚上，也穿了白袜，大概找不到合脚的鞋子，她只好穿着她自己的白缎鞋。就这样，一身干干净净清清爽爽，她像个不折不扣的护士。

他站起身，退出浴室。

女孩走了进去，很熟练地拿起一块肥皂，她用肥皂擦过窗台、水槽、浴池、地砖……那些碎玻璃就全沾到肥皂上去了。原来有这样简便的方法，怎么自己都没想到？他看着她弄，女孩抬眼看看他。"我家住在高雄，"她开了口，"我十五岁就到台北来读高中，住学生宿舍，什么事都要学着自己做。"

"很巧，"他说，"我家住在台中，我十八岁来台北读大学，也住学生宿舍。"

她看了他一眼，那眼光非常非常温柔。

"从学生宿舍到挂牌当医生，你一定付出了相当大的代价，当别的男孩女孩在享受青春的时候，你大约正埋头在你的解剖室里，面对的是冰冷的、肢解的躯体。唔，你度过了一段十分艰苦的岁月。"

他心中立刻涌上一股强大的酸楚的感觉，从没有人对他讲过这些话！从没有！是的，那些挣扎的日子，那些彷徨的日子！那些埋头在解剖室、研究室，和尸体、病菌作战的日子！从没有人体会过他那时心中的痛苦。放弃吧！放弃吧！这三个字曾在内心深处多么强烈地回响过。

"当医生，"女孩继续说，"需要太大的毅力，我真不知道一个医生是如何诞生的。病人，又往往是世界上最不可爱的一种人，他们残弱、苍白、愁眉苦脸、呻吟、诉苦。许多病人，会病得连自尊都没有。哦！"她停住了收拾，把肥皂丢进垃圾桶，洗着手，"一个人如果连自尊都失去了，就会变得很可悲了。"她转过身子，抬眼看他。眼神真挚而正经，在这一瞬间，她不再是个小女孩，她表现得如此成熟、解人、智慧……

李慕唐呆住了，这个女孩，唉唉，这个女人——就是昨晚走进来，倒在他臂弯里的那个小女孩吗？她怎会懂得这些事？怎能体会到这些事？

"你——到底多少岁？"他忽然想起来，困惑地问。

"二十四岁，前年大学毕业。"

"二十四岁？"他盯着她，不相信地。

"怎么？"她摸摸自己的面颊，"我看起来很老吗？"

"不太老，"他沉吟地说，"大概三十二岁。"

"哦！"她受了一个明显的打击，"不能把我说得那么老。"她惊慌地抬眼："真的吗？"

"三十二岁的头脑智慧，十三岁的幼稚行为！至于你的脸和身材，应该刚满十九岁。"

她歪歪头，忽然大笑起来。

"你是个很有趣的医生！"她大笑着说，脸上又恢复了明朗与活泼，"不过，我们可不可以换一个地方聊天，和一位男士在洗手间里聊天，这是我生平第一次。我觉得，实在不怎么浪漫，而我这个人，偏偏是最追求浪漫的女人!"

"哦!"一句话提醒了他,"你该回到诊疗室,继续注射生理盐水!"

他领先往诊疗室走去,她跟了进来。

他拿起一瓶新的生理食盐水,准备着注射器。

"哦,不,不。"她慌忙说,"我对我自己的身体非常了解,我现在已经体壮如牛,那一百粒药完全被你清除了。我好了,不需要再注射了!"

"你需要。"他说,"起码再注射两瓶,才能保证你身体里没有毒素,你总不希望留下一点后遗症吧!"

"后遗症?"她有些犹豫。

"是的。"他坚定地说,推了一张椅子到她面前,"如果你不想躺着注射,你可以坐下来。"

他不由分说地按住她的双肩,把她按进了椅子里。一面拿起消毒药棉和针筒。

"我想……我想……"她还在犹豫,"我真的没事了,我头也不晕,眼也不花,精神也不坏……"

他理都没理她,针头已插入了她的静脉。用橡皮膏固定好了针筒,把吊架推到她的面前,看着那生理盐水顺利地滴下去,他把她的手腕轻轻放在椅子的扶手上:"你可以试着再睡一睡……"

他的话还没说完,钟敲了七响。

她又整个人惊跳起来,慌张地问:"几点了?"

"早上七点。"他叹口气,天色早已大亮,这一夜,就这样折腾过去了。他走到墙边,关掉了电灯开关。

"噢噢,"她叫了起来,"糟糕!糟糕!"

"怎么?怎么?"他急切地问,不知她什么地方不舒服,还是针头滑了。

"我的遗书!"她大叫,"我的遗书还在我的书桌上!老天!"她用那只自由的手猛敲自己的额头,"那遗书绝不能给世楚看到!哎呀,糟糕,糟糕……"

她把脑袋敲得"砰砰砰"地响,使他十分担心,她会把自己敲成脑震荡。感染了她的焦急,他急急地问:"有办法拿回来吗?你不是有个同居的女友吗?"

"是啊!"她恍然大悟地喊,"电话!我借用一下,你的电话!"

他慌忙把电话机从桌上拿过来,"告诉我号码,我帮你拨吧!"

她很快地说出了电话号码。他立刻拨了号,把听筒交给她。显然,对方在铃一响时就接了电话。他只看到她满面惊慌,说了一句:"阿紫,是我……"对方大概大吼了一句什么,使她皱着眉把听筒离开耳朵三尺远,她瞪着那听筒,足足有半分钟,才又把听筒按回耳际。她脸上的表情变得又沉重,又沮丧,她低低地说了句:

"我就在对面那家李慕唐诊所里。"

把听筒挂上,她抬眼看他,一脸绝望的表情。

"完了。"她说。

"怎么？"

"他已经知道了。"

"他？"

"世楚呀！"她不耐地说。仰起头，把头靠在椅背上，闭上了眼睛，"阿紫昨晚就发现了我的遗书。又找不到我，一急就打电话给世楚。所以，世楚早就赶到我家，正在那儿发疯呢！瞧吧！他马上就会疯到你这儿来了。唉！完了。"

他情不自禁地拍拍她的手。

"保证你不是世界末日。"他说。

"保证你就是世界末日。"她说，忽然，眼泪就从眼角滚落了下来，这是她走进医院以来，第一次掉眼泪。

他发现，她不只在掉眼泪，她的身子还发着抖。

"别怕，别怕，"他胡乱地说，"你已经没事了，对不对？你已经好了，对不对？"

"我不好不好，"她拼命摇头，"不好极了。"

"怎么？"他不解地，"头晕吗？"

"我要吐了。"她说。

"你不会吐。"他接口，"洗胃的效果早就过去了。你不可能要吐，你只是心理紧张而已。放松一点，天下没什么大不了的事……"他的话没说完，因为，候诊室的大门"哐啷"一响，有个人像阵风般地卷了进来，在这个人身后，还有个女孩子紧追着，大喊着："世楚，等我呀！等我呀！"

李慕唐冲到候诊室与诊疗室相隔的门口，拦门站着，大声地说："是谁？不要大呼小叫。"

一个高大的男人紧急"刹住了车"，才没有撞到李慕唐的身上。李慕唐定睛看去。哇，那么高而结实的身材，那么英俊得出奇的面孔，这男孩子八成是电影演员！他有一头黑而密的浓发，深黑乌亮的眼睛，像混血儿般挺直的鼻梁，和一张颇为"性感"的嘴。这种长相，真会让其他男人有自卑感，怪不得那女孩为他寻死觅活。

"冰儿呢？"那男人，不，他有名字——双人徐——徐世楚问，声音急切而恼怒，"冰儿呢？"

原来！她的名字叫冰儿！好奇怪的名字！

"她正在休息……"李慕唐的话没说完，徐世楚手一伸，就把这位医生给推到一旁，他旁若无人地冲进去了。

"冰儿！"他大叫。冰儿抬起满是泪痕的脸来。

"冰儿！"徐世楚扑了过去，像只猛兽似的，攫住了她胸前的衣服，把她像老鹰抓小鸡般整个人提了起来，他涨红了脸，喘吁吁、恶狠狠地再喊了一声，"冰儿！你该死！你为什么不干脆死掉？你存心谋杀我？你混蛋！你是疯子！你莫名其妙！你……"他把她重重地扔回到椅子里，那生理盐水的瓶子架子全倒了，"乒零乓啷"又是一地的碎玻璃。李慕唐赶了过去，大喊着："住手！住手！这儿是医院！"

徐世楚三下两下,就扯掉了冰儿手上的注射器。他伸手出去,捏住了冰儿的下巴,强迫她抬起头来面对他。他的眼睛里布满了红丝,眼神既凶恶又凌厉,举起另外一只手,他忽然挥手就给了冰儿一耳光。这一耳光打得货真价实,冰儿的头侧了过去,整个人都几乎翻到地上去。

李慕唐快气疯了,他试图要拉住徐世楚。

"你这人怎么了?有话可以好好说……"

徐世楚把他一把推开,仿佛医院里根本没有他这位医生的存在。他又抓住了冰儿,用手死命拉扯冰儿那满头短发:

"你看你做了什么事?你看你做了什么事?"他重复地叫着,声音几乎是"凄厉"的,"你把你那么漂亮的头发剪掉了!你真该死!你还吞了安眠药!你真狠!你真狠!你真狠!你要死就死吧,我们一起死!反正你存心不让我活的!"他跳起来,满屋子乱找,终于找到桌上的剪刀,他抓起剪刀,把它塞进她手中,"来,杀我呀!刺我的心脏呀!反正你已经让我鲜血淋漓了!反正你已经快把我杀死了!刺我呀!刺我呀!刺我呀!刺我呀!……"他狂叫着。

冰儿泪流满面,剪刀从她手里掉到地上。她挣扎着,用双手去捧住他的脸,她呜咽着喊:

"原谅我！世楚，原谅我！我再也不敢了！再也不敢了！永远不敢了！"他似乎"发作"完了，一下子就跪了下去，把头埋进她的白裙子里，用双手紧紧攥住她的衣角，他哽咽着喊：

"你要我怎样？冰儿？你要我怎样？为什么这样折磨我？为什么？"她哭着，眼泪一串一串地滴落，但是，她却用力把他的头扳了起来，他被动地抬起头来了，满脸都是狼狈的热情，他们对望着，痴痴地、旁若无人地对望着，然后，那徐世楚，那不知是人还是神的家伙发出一声悲切的低鸣：

"冰儿！你瘦了！"

见鬼！李慕唐想。一个晚上会让人瘦吗？根本不可能！何况又一直在注射生理盐水。

"哦！世楚！"冰儿又是泪又是笑，"你不生气了？你原谅我了？"

"不会原谅的！"他又咬牙切齿起来，"永远不会原谅你这种行为！"

"我说过，"她怯生生地接口，"我再也不敢了！"

他仔细看她。她也仔细看他。然后，猝然间，他们就紧紧地拥抱在一起了。

李慕唐看傻了，简直像演戏！他呆了片刻，才发现那一地的碎玻璃亟待处理，他转身想往后面走，去拿扫把。才一转身，他就差一点撞到一个陌生女子的身上——那女人，纤腰，长腿，穿件白衬衫牛仔裤，简单的衣服下裹着个美妙之至的身体。一张笑吟吟的脸，眼角微微往上翘，鼻头微微往上翘，嘴角也微微往上翘，笑得好甜呢！

"对不起，李医生，我是汪紫筠，大家都叫我阿紫。你看过《天龙八部》没有？《天龙八部》是金庸的一部武侠小说。里面有个坏女孩，名叫阿紫。我不是《天龙八部》里的阿紫。我很好，是好阿紫。你叫我阿紫就可以了。"她叽叽呱呱地说着，看了看冰儿和徐世楚，又继续说，"你不要太介意他们两个，这种火爆场面，有笑有泪，有爱有恨，是经常发生的。人跟人都不一样，有些人活得平平淡淡，有些人硬是活得轰轰烈烈。他们两个，是不甘于平淡的，即使是很平淡的事儿，到了他们两个身上，也变成轰轰烈烈的了。这是另一种人生，对不对？"

他又听傻了。这个什么阿紫，和那个什么冰儿，以至于那个徐世楚，他们真有另一种人生呢！他活了三十来岁，没碰到过这么出色的人物，几乎每人都有一套，套套令他刮目相看！他张口结舌，半晌，才说了句：

"我去拿扫把！"

"哦，我来我来！"阿紫笑容可掬，"扫把不行，要用肥皂，去除玻璃碎片，我是拿手！你不用带路，我找得着洗手间！"

他站在那儿，一时间，真有些儿晕头晕脑，这一夜，把他的生活世界，完全搅乱了。

钟敲了八响。他惊怔地看看钟，怎么，已经八点了？日班护士魏兰和田素敏就要来上班了。护士？他又想起了朱珠，平平淡淡的朱珠、平平淡淡的女孩、平平淡淡的人生……他不由自主地跌坐在沙发里，对着窗外那无边无际的细雨，默默地发起呆来。

第三章

事后，李慕唐常想，他对平淡生活的厌倦，就是从那个晚上开始的。每天早上八时，病人、咳嗽、听筒、血压计、注射、开药、听病人诉苦……一直到晚上十一时关门为止，生活就像轮子般旋转过去，轮子上每个花纹都是固定的，转来转去都看到同样的纹路。重复。就是这两个字，生活是重复的，每天重演一些昨天的事情，而你却必须以今天的我去面对，这是多么烦腻的生活！朱珠说："李医生有心事。"是吗？他凝视朱珠，圆圆的小脸蛋，淡淡的眉毛，齐耳的短发，永远整洁的护士衣。白，护士衣就是护士衣，永远的白，永远的重复，永远的单调。

"有心事，怎会？"他泛泛地应着。

"那么，是情绪低潮。"朱珠一边抄写病历卡，一边看他,"周末,你要回台中吗?"周末和星期天,诊所休诊。照例,他都会开车回台中,去探视一直住在台中的父母和弟妹。父亲在台中政府工作,妹妹慕华嫁了台中的一位教员方之昆,弟弟慕尧在中大当讲师。除了慕唐,一家都在公教机关,每次回去,听的也总是那些谈话。母亲最关心的,是他怎么还不结婚。一样的话题,永远的重复。"唔,"他应着,"不一定。"

不一定?为什么不一定呢?因为他不想回台中去面对"重复"。那么,台北的日子又将怎样?他抬头下意识地看看楼上,自己的住所就在楼上的公寓里,他租了这栋公寓的三楼和一楼,一楼是诊所,三楼是住家。一个单身汉的住家,屋子里最多的是书籍和孤独。

"有个很好的提议,"朱珠说,"跟我去竹南吧!"

"竹南?"他顿了顿,"你家在竹南吗?"

"是呀!你不是早就知道的吗?"

"哦,我想起来了。"

"不,你没想起来,你根本心不在焉。"

他瞪了朱珠一眼,朱珠毫不退缩地回视他。现代的女孩子,都是这么坦率而直接的吗?

"我家在竹南,"朱珠说,"典型的农家,没什么好看的。可是,非常乡土,非常美。我家有个大鱼塘,很大很大,里面的鱼,大的一条有一二十斤。坐在鱼塘边钓鱼,是一大乐事。"

他看看窗外的雨雾,"这么冷的天,淋着小雨钓鱼是乐事吗?不感冒才怪。"

"你有点诗意好不好?"朱珠瞪了他一眼,"当医生当久了,人就变成机械了。不过,也没人要你淋着雨钓鱼,气象预报说,星期六要放晴,是郊游旅行的好天气。"

"嗯。"他想着,鱼塘、阳光、乡土、钓鱼……听起来实在不错,最起码不那么"重复"。

"好呀!"他认真地说,"可考虑!"

"如果你考虑,"朱珠说,"我就要去准备一下!"

"准备什么?"他狐疑地看了她一眼。

"钓鱼竿呀!"朱珠走过来,仔细看了看他,"算了算了,提议取消!"

"怎么了?"他莫名其妙地。

"你像木叶蝶一样,有层保护色。看到你的保护色出现,就会让人生气。算了,李医生,我家的鱼塘已经存在了几十年,你随时都可以去。不要因为我邀了你,你就紧张起来,我并不是在——"她笑了,面颊上有个小酒窝。她对他淘气地眨眨眼,低语,"追你!"

"不是才怪呢!"黄雅一在一边接嘴,"你家鱼塘存在了几十年,怎么不邀我去呢?干脆把魏兰和田素敏也约去,我们钓不着鱼,还可凑一桌!"

"好呀!"朱珠洒脱地笑笑,"说去就去!李医生,你带队,咱们来一个李慕唐诊所郊游队。我让我妈把仓库整理出来,大家睡稻草!"

"听起来实在不错!"黄雅一真的来劲了,"朱珠,你真要我们去,还是说说而已?"

"当然真的!"

"李医生,你呢?"黄雅一问。

"如果大家都要去,我奉陪。"

"我马上打电话问小田和小魏,"雅一盯了李慕唐一眼,"不过,如果大家都兴致勃勃地要去,你李大医师临时又不去了,那就扫兴了,你真想去吗?"

"他并不真正想去,"朱珠笑嘻嘻地,"他被我们弄得'盛情难却',只好'勉为其难'了!哈哈!"

"哈哈!"李慕唐也笑了,注视朱珠,实在是个聪明的女孩子,实在是个解人的女孩子!到池塘边钓鱼去,唔,一定是个好计划!他眼前,已勾画出一幅落日余晖、梯田水塘的图画来了。就在那幅图画十分鲜明而诱人的时候,一声门响,又有病人上门了。李慕唐下意识地看看钟,十一点过十分,已经下班了,如果不是讨论钓鱼计划,朱珠和雅一都该走了。这么晚上门的病人,一定很麻烦的。他坐在诊疗室里,半皱着眉,朱珠已在挂号处登记病历了,她的声音从挂号处传来:

"哦,你姓樊,樊梨花的樊?你以前来过?"朱珠在翻病历卡,"什么?你名叫樊如冰,你要找李医生?是的……李医生在。可是,我找不到你的病历卡,你记得是几月几号来过的吗？星期一？就是上星期一？什么？你不是来看病？你没病？你是来看李医生？哦……哦……"

李慕唐坐直了身子，不由自主地侧耳倾听。朱珠已砰的一声推开诊疗室的门，大声说：

"李医生！有客！一位樊小姐找你！"

樊小姐？他怔着，不记得什么樊小姐。

站起身来，他走出了诊疗室，一跨进客厅，他立刻眼前一亮，那女孩！那曾经握着一束"雨丝"半夜来访的女孩，现在正亭亭玉立地站在客厅内。今晚，她没有穿晚礼服了，她穿了件宝蓝色的衬衫，同色的长裤，鲜丽得像块蓝宝石。头发仍然湿得发亮，她又淋了雨！显然，她是不喜欢用伞的！这次，她大概没吞安眠药，她看来神清气爽，而且带着种"帅气"。高扬的眉和闪亮的眼睛，处处都绽放着春天的气息。她就这样站在大厅中，已经让李慕唐觉得候诊室太寒酸了、太狭窄了。"嗨！"他打着招呼，不知怎么称呼她。

"你没忘记我吧？"她笑着，"我是冰儿。"

"冰儿。"他咀嚼着这两个字。忘记了吗？怎么可能。他从上到下地看她，"你看来很好！"

"应该谢谢你！"她笑得更深，眼珠更亮了，"只是，颇有一些后遗症。"

"哦？"他有点紧张，回忆着那晚的一切，"我早说过，你应该把那瓶生理盐水注射完。怎样？会常常头晕吗？还是……"

"不，不。"她笑着，"后遗症与生理盐水没太大关系。后遗症之一，是每次我经过你诊所门口，都想进来和你聊聊天。后遗症之二，是从我卧室的窗子，正好看到你门外的招牌：李慕唐，我看呀看的，就觉得这名字和我好亲切，因为我们是一块和死神作战的。唔，我忘了，"她顿了顿，"你大概直到现在，还不知道我就住在你对面白云大楼的四楼吧！"

"我猜到是对面，不知道几楼。"

"四楼，"她再说，"你记好，四楼四号之三，正对你的诊所。后遗症之三……"

"噢，"他忍不住笑，"还有后遗症之三吗？"

"是呀！后遗症多着呢！"

"说吧！"他好奇地、有兴趣地盯着她。

"后遗症之三，是心里经常怪怪的，有点惭愧，有点害羞，有点尴尬……反正说不出来的一种滋味。后遗症之四，是我们中国某个老祖宗闯的祸，使我的良心久久不安……"

"中国的老祖宗？"

"是呀！不知道是哪个老祖宗说：'施人慎勿念，受施慎勿忘！'所以，我就总觉得对你有亏欠呀！"

"哦，"他笑着，"你实在不必感觉对我有亏欠……"

"不必归不必，事实归事实。"她用手习惯性地去撩头发，一撩撩了个空，她呆了呆，笑容顿失，问，"我头发剪掉了，变得好丑好丑了，是不是？"

"说实话！"他认真地说："我从没看过你长头发的样子，我觉得你的短头发很好看，很有精神，显得你容光焕发、年轻而活泼。"

她立刻就笑了。"你实在是个很有趣的医生。"她说，甩了甩头，"好吧！别管我的头发了！我今晚来这儿，告诉你我害了这么多后遗症，主要是请你继续医治的。"

"哦，"他愣了愣，"怎么治呢？"

"我和世楚、阿紫一起研究过，我们决定星期六晚上，请你来我们家吃火锅。世楚说，人生最大乐事，就是二三知己，在冬天的晚上，围炉吃火锅。怎样，肯来吗？星期六你的诊所休息，我们都知道。晚上七点钟，希望你准时到，等你来了以后，我们再研究我的后遗症。"

"星期六吗？"他问。朱珠在挂号处猛咳嗽了两声。

雅一又跟着咳嗽了两声。

"是啊！星期六。我和阿紫平常都要上班，世楚也只有周末和星期天有空。反正，就这么决定了，星期六七点钟，如果你忘了，我到时候会再来提醒你！好了！不耽误你时间，拜拜！"她挥挥手，翩然地一转身，推开玻璃门，放进一屋子的冷风，然后，她就走入那张由雨雾和夜色交织的大网里面去了。李慕唐兀自站着，直到朱珠拿了手提包下班,她经过他身边,把手提包甩向肩后,那长带子的手提包在他身上撞了一下,他惊醒过来。朱珠对他抛下了一个微笑:

"再见,李慕唐诊所郊游队!"

她推开大门,也消失在雨雾里了。雅一第二个从他身边擦过,回头对他挑了挑眉毛。

"没关系,"她安慰似的说,"朱珠家里那口鱼池,在那儿已经搁了几十年,你什么时候都可以去。至于病人害了后遗症,这是非常非常麻烦的事儿,你不把她治好,说不定会闹出人命官司!你还是治病要紧!别管那口鱼池吧!"

说完,她一推门,也走了。

糟!他想。她们都误会到什么地方去了?碰上女人,你就一点办法都没有。到明天,小田、小魏都会知道了!大家一定盛传他有艳遇了。他这个医生,和护士间本就没上没下,大家都像一家人,这一下,够他受了!

至于那位冰儿小姐,她最大的后遗症,应该还是她那位徐世楚吧!他懒懒地在沙发上坐了下来,懒懒地看着窗外的雨雾,这才觉得,真正害了后遗症的,恐怕是他这个医生本人呢!

第四章

天气预报错了,星期六仍然在下雨。

晚上六点半,冰儿推门走了进来。

"我怕你忘记今晚的约会,所以来接你了。"

他看冰儿,真想吹声口哨,她很细心地装扮过,一身桃红和白色的搭配,桃红上衣、桃红长裤,腰上系着条白皮带,披了件纯白色狐皮外套。漂亮!他心想,懂得装饰自己的漂亮女孩!他对中国文字中"漂亮"两字,又有了一层新的注解:"漂,净也。亮,醒目也。"李氏慕唐《辞海》上如是说。想着想着,他就不由自主地笑起来。

"你这一点很像我。"冰儿说,"常常一个人自己发笑。"

才怪!他想,一个人发笑是"冰儿后遗症",从那个"冰儿夜访"后才开始的。他跟着冰儿走进了"白云大厦",上了四楼,置身在冰儿和阿紫那间客厅里了。一走进客厅,他就整个人都呆住了。

从没看过这么大胆的室内设计,整间房间都是桃红色的:桃红色的墙,桃红色的地毯,桃红色的桌子,桃红色的沙发,桃红色的窗帘,桃红色的冰儿。他抬头看看天花板,哈,总算天花板是白色的了!"请坐请坐!"阿紫迎了过来,一把拉住他的手,把他拖到沙发边,按进了沙发里。他抬头看阿紫,哈!桃红色的阿紫!和冰儿不同的,她是用白配桃红,白上衣,桃红裙子,桃红色外套。他用手拂了拂眼睛,这种艳丽,给人很不真实的感觉,他认为自己走进一间"幻想屋"里面来了。

"是这样的,"阿紫说,"有一天我们租了一卷录影带回家看,那是一部日本片子,电影中有个疯女孩,她把自己的家完全漆成粉红色,连她的脚踏车、被单、毛衣,甚至她家的猫,都漆成了粉红色。冰儿看了,大为高兴。第二天冰儿休假,我去上班,回到家里,发现她和世楚两个人合作,把家已经弄成了这副德行。李医生,"她递给他一杯茶,"你别以为,住在这屋子里的都是疯子,只有她是,我可不是。"

冰儿笑容可掬:"李医生,你知道我们在哪儿工作吗?"

李慕唐摇摇头。

"我们在电脑公司打卡。"冰儿说,"一天八小时,我们就在打卡,世界上没有比这种工作更枯燥的工作,如果我们面对的是很枯燥的工作。我们就必须有一点不枯燥的人生。'幻想'和'奇想'都是很可爱的东西,它会使我们的生活不那么乏味。只是,一般人不会把'奇想'付诸实行,因为那太'疯狂'了。其实,人,如果肯偶尔'疯狂'一下,才不会真'疯狂'呢!"听来确实有理。李慕唐深呼吸了一下,空气里有肉香。他四面看看,没见到另一个疯子徐世楚。"你在找世楚吗?"冰儿看看手表,"他说七点钟准时到,还差十分钟。他在电视公司做事,编剧、副导、摄影助理……他都干。最近,老总看中了他,要他去当演员。我不许,所以他仍然在玩ENG机器。你知道演员是什么吗?世界上最可怜的一种行业,因为他永远在饰演别人,而不能当自己。所以,我警告他,如果他去当演员,我就和他一刀两断!"

李慕唐点点头。怎的?这女孩说的句句话,都很有哲理,颇耐人寻味。阿紫拉开了一扇桃红色的屏风,李慕唐才觉得眼前豁亮了,原来,屏风后面是餐厅,一张简单的方桌,四张椅子,四壁的墙都是白色,地上也是桧木地板,墙上,挂了幅烟雨苍茫的风景画,此外,什么装饰品都没有。这单纯的白色餐厅,和那艳丽的桃红客厅相对比,才觉得彼此都搭配得恰到好处!谁说客厅的"桃红"是一种疯狂的举动,这根本是奇妙的"设计"呢!

"别以为这是设计,"阿紫笑吟吟地说,"这餐厅是被我抢救下来的!如果不是我及时回家,他们大概把电锅碗筷都漆成桃红色了。"

冰儿大笑。"你相信吗?"冰儿问,"阿紫最会夸张!其实,我当然也有我的分寸。"她走到窗前去,拉开窗帘,看看窗外的雨雾,"这灰蒙蒙的天空,如果能漆成桃红色才好。"她低头看手表:"七点正了。"李慕唐侧耳听听,没有门铃声。

阿紫从厨房里拎出一个热腾腾的紫铜火锅,原来肉香就从这儿飘散出来的。李慕唐慌忙跑过去帮忙,把紫铜火锅放在桌上,他问:"还有什么要帮忙的吗?"

"有呵!"阿紫毫不客气,"摆碗筷好吗?碗筷在厨房的烘碗机里。"

他找到了碗筷,摆了四副。阿紫拿出几盘切得薄薄的肉,又忙着把生菜、鱼饺、牛肚、粉丝等一一搬到餐桌上。火锅的火烧得很旺,锅里的汤咕噜咕噜响,李慕唐肚子里也咕噜咕噜响,中午吃的是朱珠帮他买的便当,淡而无味,现在才知道饿了。冰儿站在窗前,动也不动。

"我忘了问你,是不是牛羊肉都吃?"阿紫问。

"都吃。"

"好极了,我准备了牛肉,也准备了羊肉,还有猪肉!这汤是用牛骨头炖的,香不香?"

"香极了。"

"再稍等片刻，就开饭了。"阿紫抬头看看冰儿，"冰儿！你不过来帮帮忙吗？"

冰儿注视着窗外，充耳不闻。

"我们还是先到客厅去坐吧，"阿紫看看表，"七点一刻了，那疯子再晚来五分钟就惨了！"

李慕唐咽了一下口水。他们折回到客厅里坐下。他端起茶，啜了一口，茶已经快凉了。

七点二十分。室内忽然变得很安静。叽叽呱呱的阿紫和冰儿都沉默了，空气里弥漫着肉香，还弥漫着一种无形的紧张。李慕唐拼命喝着茶，不知道自己该不该找一些话题来说。

七点二十五分。七点半。冰儿忽然从窗前掉转身子来：

"李医生，你饿了吗？"她问。

"不，不。"李慕唐慌忙说。

"你饿了。"冰儿肯定地点点头，正色说，"在我们家，你实在不需要虚伪。"

"好，我承认我饿了。"李慕唐盯着她，"但是，我并不在乎再等个十分二十分钟。"

"你不在乎，我在乎。"她说，"我们吃饭吧，不等了！"

就在这时，门铃响了。阿紫立刻冲过去把门打开，徐世楚那高大的身子出现了。他大踏步地跨进门来，手里高举着一束桃红色的玫瑰花，他把玫瑰直送到冰儿眼前去,笑嘻嘻地说:"可把我跑惨了!你知道,全台北市都没有桃红色的玫瑰。黄色、白色、红色、粉红……什么颜色都有,独独缺少桃红色!不行呀!我必须买到你最爱的颜色,你知道我在街上转了多久吗?一个半小时!"

冰儿瞅着他,一朵笑容漾上她的嘴角。她伸手接过玫瑰,好温柔好温柔地说:"世楚,你真不应该这样宠我,你会把我宠得不知天高地厚。"

徐世楚伸手揉着她的短发,搂着她的肩,怜惜地说:"宠你,就是我的生活。"

哇!李慕唐心里暗诵着这个句子:宠你,就是我的生活。这种句子必须记下来,将来万一自己改行写小说,一定用得着。冰儿拉着徐世楚的手,双双走进屋子里来了。

"快点来吃火锅,"冰儿说,"瞧,你的手冻得冰冰冷,我先弄碗热汤给你喝喝。"

"嗯,哼,"阿紫重重地咳了一声,"冰儿,我们家还有客人呢!"

"没关系呀!"冰儿抬起眼睛,对李慕唐嫣然一笑,"李医生,你自己烫肉吃,火锅就要自己弄着吃,反正,到了我家,就不是客,对吗?"

"噢,李医生。"徐世楚总算看到李慕唐了,他伸出手来,和李慕唐热情地握了握,"谢谢你那天救了冰儿的命,她常常做这种吓人的举动,我已经狠狠地教训过她了。下次，她再做这种事，我就先掐死她！"

"好了！"阿紫说，"过去的事不要提，大家快来吃饭，都饿了！"

冰儿已经盛了一大碗热汤，低着头，在那儿不知道弄什么。李慕唐定睛看去，才惊愕地发现，冰儿正把那束"桃红色的玫瑰"一瓣一瓣的花瓣扯下来，丢进那碗热汤里。她连扯了三四朵花，最后，连花心也用手搓了搓，像撒胡椒粉似的撒进汤里。她就端着这碗汤，笑吟吟地走到徐世楚面前，说：

"我给你弄了一碗'花言巧语'汤，里面还撒了一些'谎话连篇'粉，你就趁热给我喝了吧！"

徐世楚勃然变色，他瞪大了眼睛，怒冲冲地说：

"你认为我在骗你吗？"

冰儿仍然巧笑嫣然，她摇摇头。

"我没有'认为'你在骗我。"她说，"我'知道'你在骗我。这种玫瑰花，巷口的花店里卖一百元一打，我今天早上才看到。"她把他一推，他站不住，又要躲那碗热汤，就一屁股坐进了沙发里。冰儿蹲下身子，殷勤地把那碗汤送到他的唇边去，更加温柔地说："来，你那么宠我，我不能不回报，把这碗汤喝了吧！"

阿紫忍无可忍，一个箭步走上前去，大声说："冰儿、徐世楚，你们两个可不可以不要再闹了？你们不饿，我们可饿了！"

"我说过，火锅就要自己弄着吃！你们尽管去吃你们的。"冰儿头也不回地说，眼光死死地盯着徐世楚。"世楚，"她又说，"你不想喝吗？你瞧，这是我亲手为你做的汤呢！还有我最爱的颜色！"

"冰儿！"徐世楚的眼睛开始冒火，"让我告诉你，我今天为什么迟到！"他大声说，"理由非常简单，整个忠孝东路都在塞车，我被卡在车队里整整一小时，我知道，如果告诉你你也不会相信……"

"对！"冰儿安安静静地打断他，"这根本不是理由！如果你真在乎和我的约会，你可以早两小时动身。"

"你简直不可理喻！"徐世楚大叫。

"对！"冰儿依旧安安静静地，"因为你仍然在撒谎！你明知道，我最讨厌撒谎！"

"是事实！"徐世楚大叫。

"是撒谎。"冰儿冷静地说。

"是事实！"

"是撒谎！"

"是事实！"

"是撒谎！"

看样子，情况是僵住了。阿紫拉了拉李慕唐的衣袖。

"别理他们了。"阿紫说，"李医生，我们去吃吧，他们这一吵，不知道要吵到什么时候去呢！"

李慕唐站着，他无法走开，这种惊人的"场面"，他实在"舍不得"走开,他要看着这场戏如何落幕。他甚至忘了去"劝架"。

"好!"徐世楚忽然话锋一转,下定决心地说,"你安心想屈打成招是不是?好,我就告诉你,我和女朋友约会去了,你满意了吗?我跟别人去喝咖啡,忘了时间了,你满意了吗?"

"和谁?"她继续问。

"你还要姓名地址呀?"徐世楚脸色发青,"她的名字叫蓝白黑。"

"什么蓝白黑?"

"我跟你说,你要我编故事,我还可以编,你要我编名字,我可编不出来。"

"她叫什么名字?"

"根本没有一个她,哪儿来的名字?"徐世楚大吼。

"那么,"冰儿定定地看着他,"我告诉你她的名字,她叫陆枫,枫树的枫,今年十九岁,是你们电视训练班的新人!"

徐世楚吃了一惊,他迅速地抬头,恶狠狠地盯着她。

"你打听我!你监视我!你调查我!"他咬着牙说。

"不错!"

"可是,"他深抽了一口气,"我今天并没有跟她在一起!我今天是存心来赴你的约会的!你也知道我无论交多少女朋友,我只有和你一个人是玩真的!"

"是吗?"

"你不相信我?"

"不相信。"

他侧着头想了两秒钟。"好,"他说,"世界上多的是屈死鬼,不在乎再多我一个!"

说完,他端起那碗玫瑰花瓣汤,就张大了嘴,飞快地、大口大口地、咕嘟咕嘟地咽了下去。李慕唐目瞪口呆,惊愕得忘了抢救。

阿紫在一边跌脚大叹:"完了!完了!好好的一个周末,又被你们两个破坏了!我怎么这么倒霉,碰到你们两个神经病!"

冰儿怔怔地看着徐世楚。后者已把汤喝光,嘴里还衔着两片花瓣。他睨视着冰儿,口齿不清地说:

"花瓣可不可以不吃?"

冰儿的大眼睛眨着,眼珠逐渐濡湿,她的嘴撇了撇,想说什么,没说出口。突然间,她"哇"的一声,放声痛哭。徐世楚慌忙把汤碗放在桌上,用胳膊把她紧紧拥住,一迭声地说:"我发誓,我和陆枫只是玩玩的!我发誓!我发誓!我发誓!"

冰儿把脸埋在他的胸前,啜泣着喊:

"谁教你喝那碗汤?谁教你喝?毒死了怎么办?"

"没关系。"徐世楚紧拥着她,吻着她短短的头发,微笑着说,"喝玫瑰花瓣汤而死,死也死得浪漫,你不是最喜欢浪漫的事吗？不过，我死了，你一定要在我墓碑上注明：徐世楚，他被玫瑰花毒死。同时，把我的资料寄到'世界之最'去，因为，这种死法，我一定是第一个！"

"哇！"冰儿大哭，用双手缠着他的脖子，"怎么办？怎么办？"她喊着。突然跳了起来："别急着死，我再去弄一碗玫瑰花瓣汤，陪你喝一碗！"

李慕唐一把抓住了冰儿。

"我现在才知道，"他注视着冰儿说，"你请我来吃饭的意义了，原来，你们生活里，是离不开医生的。别急别急，我那儿多的是洗胃剂。只是，我学医时，学过各种中毒，就是没有学过玫瑰花毒的治疗法。不过，我想，这种毒并不会十分严重，我先去准备洗胃剂，你们等下再过来吧！"

阿紫拉住了他，一脸的歉然。

"李医生，你还没吃火锅呢！"

"如果我的嗅觉没错的话，"李慕唐吸吸鼻子说，"你的火锅已经是名副其实的'火锅'了，瞧，烟都冒出来了！"

"哎呀！"阿紫放开李慕唐，冲进餐厅"救火"去了。

客厅里，战火已熄。那两个年轻人依偎着，一副"生死相许"的样子。李慕唐摇摇头，怎样的爱情，怎样的人生呢？他觉得，自己已跟不上"潮流"了。

第五章

冰儿再度来访，是四天以后的事了。

仍旧是深夜，仍旧是他一个人的时候。仍旧小雨如丝，小雨如织。她推开门走进来。穿着件好舒服的家居服，灰色灯芯绒的长袍，袖口和领口镶着桃红色的缎带，有点儿像睡袍，却比睡袍来得考究。她没有化妆，干干净净的脸庞显得特别清秀。她径自走到沙发边，很熟稔地坐了下来，两腿一盘，也盘到沙发上去了。把一双灯芯绒的拖鞋留在地板上。她就这样很舒适地蜷缩在沙发里，双手抱着膝，对他安详地说：

"看见你的灯光还亮着，忍不住要过来跟你聊聊天。"

他笑笑。他知道"欢迎"两个字正写在自己脸上。走到自动贩卖机前面，他为她倒了一杯热咖啡。这自动贩卖机还是朱珠最近建议订来的，为了候诊室里总有许多病人,也为了护士们。

"嗯,很好的咖啡。"冰儿说。

"没有火锅招待你。"他笑着。

"哇,别提了。"她羞红了脸,把下巴半藏在弓起的膝盖里去,"每次都害你乱忙一阵。"

他想起那个晚上,事实上,他并没有"乱忙"多久,因为他才回诊所,阿紫就打电话来说,徐世楚吐了,把玫瑰花瓣汤都吐光了,所以,他也没特别做什么。只是,那晚的火锅,当然别想吃了,据阿紫说:

"锅底都烧穿了,烟把屋顶都熏黑了,满屋子焦味,楼上的邻居差点把救火车都叫来了。"

他在她对面坐下,望着她微笑。

"你笑什么?"她问。

"很难得看到你这么——"他找寻合适的字眼。

"安分?"她接了下去。

"是的,"他点点头,"就是这两个字:安分。"

"唉!"她望着自己那露在裙角外的脚指头,莫名其妙地叹了口气。

"怎么了?"他问。

她想了想,睫毛很安静地半垂着。

"其实,"她扬起了睫毛,正视着他,"我本来是个很安分很乖的女孩,小时候,我安静得常常让别人认为我不存在,我是和徐世楚相遇以后,才变得这么疯疯癫癫的。"

"我并不觉得你疯疯癫癫。"他真挚地说。

"那么,你认为我怎样?"

"我认为你是个感情非常强烈的女孩,你敢爱敢恨,敢作敢当,热情得像一盆火。"他笑了,"你实在不该叫冰儿,你该叫火儿。你的热力,足以烧掉半个地球。"

"别夸张。"她微笑起来。

"没有夸张。我第一次认识像你这样的女孩。在你出现以前,我一直认为每个女孩子都差不多,是像小河一样的,婉转、柔顺、平静。你要知道,我虽然是个医生,经常接触不同的人,可是,生活仍然十分单纯。阿紫那天说得好,有的人生活得平平淡淡,有的人生活得轰轰烈烈,我就是平平淡淡的那种人。"

她注视他。"好不好呢?"她问。

"以前认为很好。"他坦白地说。

"多久以前?"

"在你出现以前。"她不安地蠕动了一下。

"与我有关吗?"

"当然。"他笑了笑,"如果你不知道世界上有霜淇淋,你喝杯冰水就满足了。如果你不知道有貂皮大衣,你穿件棉袄就满足了。人的欲望都是因为知道太多而产生的。非洲土人至今在茹毛饮血,他们活得也很快乐,猎到了一只野兽,他们可以击鼓而歌,欢天喜地地唱上一天一夜。他们的快乐——主要就来自无知。"

她很仔细地听他，深切地看着他："我还是不太懂。"

"好吧，我明说你就懂了。在你出现以前，我认为男女的感情都是平平淡淡的，认识、吸引、结婚、生儿育女，一切顺应'自然'的要求。至于爱得天翻地覆、死去活来，那都是小说里的情节，真实人生里根本没有的。"

"唔。"她哼了一声，倾听着。

"当你出现以后，我大开眼界。"他往沙发里靠了靠，笑着，"这才恍然大悟，原来世界上有如此这般的爱情，如此惊心动魄的爱情。于是，内心油然而生地发出一种'心向往之'的感觉。"

她笑了，眼珠乌黑乌黑的。

"我懂了。"她说，"你失去了原有的满足。"

"对。"

"可是，"她沉吟着，"我的生活并不值得羡慕。你以为我活得很快乐吗？"

"不。我知道你活得很痛苦、很累，但是很刺激。"

她震动了一下，正视着他。

"喂，李医生，你这人有点可怕。"

"怎么？"

"你是内科？小儿科？我觉得你更像心理科医生。"

"我研究心理，也是从你出现以后。而且，与其说我在研究你，不如说我在做自我分析。是的，我知道你的生活并不值得羡慕,但是,这种强烈的感情,却震撼了我。"他凝视她,"你怎能为一个男人,付出这么多?"

她迟疑了一下。"他值得我付出的,对不对?"她问。

"值不值得,完全是主观的。你认为值得,就一定值得,不过,你的语气里为什么有怀疑呢?"

"我有吗?"她有些吃惊。

"你有啊!"

她怔了怔。"我希望——"她忽然冲口而出,"你没有试图挑拨我的感情。"

他的背脊挺了挺,突然觉得自己的语气变僵了。

"我有必要挑拨你的感情吗?那对我有什么好处?"

她瞅着他:"那要问你的潜意识!"

"问我的潜意识吗?"他惊愕地。

"按照你的分析方式,"她微笑起来,"每个人都有潜意识,当你不知道有霜淇淋的时候,你会心甘情愿地喝冰水。可是,当你发现有霜淇淋,而自己却吃不到的时候,你会希望别人也吃不到!"她坐正了身子,伸了个懒腰,"即使你有这种心态,也是自然的,这是人性。你不必觉得难堪或生气。"

"我难堪吗?"轮到他来吃惊了,"我生气吗?我有吗?"

"你有啊!"她学着他的语气说。

他侧着头看她。突然间,他们相视而笑。然后,她从沙发里跳了起来:"夜深了,你也该休息了。"她往门口走,到了门口,又回过头来,"和你聊天,真是一大享受。你知道吗?"她顿了顿,眼光闪闪发亮,"你不只是个好医生,你还是个很可爱、很有深度的男人!"她打开门,再抛下了一句,"再见!"

转过身子,她消失在门外了。

他不由自主地伸出手去,似乎想叫住她,这种谈话,带着太诱人的"浪漫"气息,他实在不忍心这么短暂就结束了。但是,她已经走了。来也倏忽,去也倏忽。

下一次,她又是午夜时分出现的。

这次,她不是一个人来的,她带着徐世楚和阿紫。他们三个,嘻嘻哈哈地闯进门来,冰儿不由分说地就直奔向他,亲热地挽住他的手,一边笑着,一边热情地嚷着:

"难道你是工作狂吗?每天经过你的诊所,你都在看病!看病!看病!以前总羡慕当医生的,现在才知道当医生有多苦!来,把你诊所的门锁上,跟我们到华西街吃消夜去!"

徐世楚也同样热情,他爽朗地笑着,用力地拍着他的肩,大声地说:"是啊!我欠你一顿火锅!上次,都是我的错!"他用力地敲了一下自己的脑袋,敲得"砰"地一响,"今天罚我请客!走走走!李医生,你爱吃什么,我都奉陪。不过,先说明,我不吃蛇肉,假若你选中那家蛇店,我只得在外面等你,本人天不怕地不怕,看到了蛇就起鸡皮疙瘩,不知道为什么。"

阿紫笑嘻嘻地说:"不知道华西街有没有清炖玫瑰花、红烧玫瑰花、生煎玫瑰花之类的玩意儿!"

"阿紫!"徐世楚大叫,"君子不揭人之短!"

"啊啊啊!"阿紫笑弯了腰,"我从不认为我是君子,我是孔老夫子最不喜欢的那种人。"

"孔老夫子?"冰儿问,"你指什么?"

"唯女子与小人难养也。"阿紫说。

一时间,满屋子的人都笑成了一团。李慕唐不能不跟着他们一起笑,喜悦的气氛回荡在夜色里。然后,冰儿拉住了他的手:"走吧!跟我们一起走吧!离开你的酒精药棉消毒水,跟我们去享受一下人生!否则,你虽然天天救人命,却不知道活着为什么!"于是,他锁起了诊所,跟他们到了华西街。

不知道多久没来过华西街了,原来,这儿到了深夜,居然灯火辉煌,夜市一家连着一家,摊贩也一家连着一家,吃的、用的、穿的、玩的……应有尽有。冰儿首先提议:

"我们去吃鱿鱼羹。"他们吃了鱿鱼羹,冰儿又说:

"吃烤鳗鱼好吗?"吃完烤鳗鱼,冰儿笑着:

"想吃红豆刨冰!"虽然是冬天,华西街还真有红豆刨冰。

每吃完一样东西,两个男人就抢着付账,每次都是徐世楚抢赢了。他用他的大手,紧紧按着李慕唐的手,很认真地说:

　　"不行!不行!你知道上次我破坏了大家的周末,我有多抱歉吗?今晚,所有的花费都是我的!"

　　"李医生,你让他付账吧!"冰儿笑吟吟地说,"反正是吃小摊子,怎样吃都没多少钱,下次轮到你请客的时候,说不定大家要去来来大饭店!"

　　"对了!对了!"徐世楚接口,"我就是这个打算!怎么冰儿如此灵巧,把我心中的秘密,全看得清清楚楚!所以,我在她面前,就一点办法都没有!"

　　冰儿笑着,瞅着徐世楚。

　　"这个人,自从吃了我的'花言巧语'汤之后,就更会'花言巧语'了!"大家都哄笑了起来。这真是一个非常可爱的晚上。温馨、甜蜜,而美妙。当大家吃了红豆刨冰以后,才觉得夜色凉飕飕,冷气从胃里往上冒。李慕唐也忘了自己是医生了,也不管大家的胃能否消化,他提议说:"应该去喝一点酒!""哇!"徐世楚应声大叫,"于我心有戚戚焉,走哇!让我们今晚来个不醉无归如何?"

　　"两位小姐能喝吗?"李慕唐问。

　　"不喝的是小狗!"冰儿说。

　　"啊呀!"阿紫笑着,"你连小狗的量都没有,就在那儿说狂话!"

"酒量虽没有,"冰儿笑语如珠,"酒胆还不错,酒兴非常好,酒品第一流!"

"听她吹的!"徐世楚说,问到她脸上去,"是谁上次喝醉了,哭着要找妈妈的?"

"哎呀!诽谤!"冰儿瞪圆眼睛,"完全恶意诽谤!李医生,别听这个人破坏我的名誉,我们找家馆子,好好地喝一场,你就知道我的酒品如何了!"

他们走进一家"台湾料理"。

叫来一瓶绍兴,他们斟满了杯子,四个人碰着杯,豪放地干了第一杯。第二杯也斟满了,李慕唐开始说话了,他望着周围的三个人,热烈地说:

"你们知道吗?什么叫'活生生的人',你们才是!自从认识了你们,我的生命像打开了另一扇门!原来,人生的喜怒哀乐,是这么强烈的!原来,生活的享受,是这么奇妙的!原来,感情的世界,是这样丰富的!原来,原来,原来……"他"原来"不出所以然了,就大声地说,"原来,你们都是这么可爱的!"

"干杯!"冰儿叫,一仰脖子就又干了一杯,原来,她喝了第一杯,就已经半醉了。

"干杯!"徐世楚跟着叫。

于是,第二杯也干了。接着,是第三杯、第四杯……那晚,四个人把一瓶绍兴都喝光了。酒,把空气搅得热热的,把人与人间的距离拉得短短的。李慕唐只记得自己忽然变得很爱说话,很爱笑了。他说了好多好多,绝不亚于那位徐世楚。冰儿呢?她确实有一流的酒品,酒到杯干,豪放得一如男孩子。几杯酒下肚,她开始拉着阿紫说:

"来!咱们来猜拳!输的人喝酒!"

她们两个,居然吆喝着,猜起拳来了。李慕唐从没有看过两个女孩子喝酒猜拳,不禁大为好奇,睁大眼睛,他瞪视着她们两个。她们挺认真的,涨红着脸庞,鼓着腮帮子,像模像样地吆喝、出拳、喝酒……李慕唐已薄有醉意,看来看去,总觉得有点儿不对劲,后来,他才发现,两位女生嘴里吆喝的是:"剪刀!""石头!""布!"李慕唐忍不住,大笑特笑,差点没连椅子一起翻到地上去。徐世楚又对李慕唐举杯:

"李医生……"

"叫我李慕唐!"他热情地说,"我有名字!"

"是,李慕唐。"徐世楚应着,"你瞧,女孩子就让我无法抗拒,你凭良心说,她们两个,是阿紫可爱,还是冰儿可爱?"

李慕唐对这问题有点惊讶,但他也认真地打量了两个人一下:"凭良心说,她们两个脾气有点像。"

"不像不像。"徐世楚摇头,"兴趣有点像是真的,反正物以类聚,两个人住在一块行动谈吐就会变得相像。

不过，基本个性还是不一样的。冰儿热烈，阿紫温柔；冰儿尖锐，阿紫随和；冰儿特殊，阿紫亲切；冰儿像火，阿紫像水……"他越说越顺，又干了一杯酒，"你如果跟她们处久了，你会发现她们两个都很可爱，假若我能兼而有之，来个一箭双雕，岂不大妙？哈哈！"

"你醉了。"李慕唐说。

"没醉。"他摇头，"我一直对中国旧社会的思想十分排斥，唯有这多妻制，我是非常赞同，尤其，看了唐伯虎的《九美图》，把我羡煞羡煞……"

冰儿又输了一拳，她倒满了一杯酒，回过头来，她高举酒杯，把一杯酒从徐世楚头顶上淋了下去，嘴中高声嚷着：

"第一美为你敬酒！"

阿紫依样画葫芦，也倒了一杯酒，从徐世楚头上淋下去，嘴里嚷着："第二美向你敬酒！"冰儿再举过第三杯酒来，徐世楚慌忙跳离那是非之地，用手拂弄着湿湿的头发，酒沿着他的发丝滴下去，滴了他满脸满身，他却一点也没有生气。跑过去，用左手压住冰儿，右手压住阿紫，笑容可掬地看看这个，又看看那个，醉眼惺忪，却豪气干云地说："你们知道李白吗？我最欣赏李白的两句诗是：'俱怀逸兴壮思飞，欲上青天揽明月！'他的野心可真大，他想到青天上去左手揽太阳，右手揽月亮！我徐世楚对他老人家，是心向往之。而我的太阳和月亮，就在我的左右!"他拥着两个人,哈哈大笑,甩着头,把满头的酒甩到两人身上,"没听说过,太阳和月亮会下起雨来的!"

冰儿和阿紫,相对一视,也哈哈大笑起来。

李慕唐心情一松,说真的,他有一刹那,心里很担心,他以为战事又起,这场饮酒乐,乐如何的好戏恐怕又将乱七八糟结束。但是,看样子,危机已去。他大乐之余,就高举杯子,笑着嚷:"我敬大家!干杯啊!"

"干杯!"冰儿叫。结果,大家都喝醉了,而且,醉得很厉害。

李慕唐几乎不记得,自己那晚是怎样回到诊所的。他对那晚最后的记忆,是四个人彼此搀扶着走在大街上,走得歪歪倒倒的。而冰儿,却一面走,一面柔声地唱着歌,反反复复地重复着四句歌词:

就这样陪着你走遍天之涯,
踏碎了万重山有你才有家,
就这样陪着你走遍天之涯,
踏碎了岁与月黑发变白发……

第六章

人与人之间,就这样,往往从一个"偶然"开始,由相遇而相识,由相识而相知。

当冬天过去,李慕唐和冰儿、阿紫,以及徐世楚,都成了好朋友。接着而来的春与夏,他们都来往频繁。李慕唐常去那间"幻想屋"小坐,而冰儿她们,也经常夜访李慕唐,他们已熟得彼此直呼名字。在假日中,大家也常结伴郊游了。

有时,李慕唐会感觉到,这应该是一种很好的搭配,徐世楚和冰儿既然是一对,剩下来的阿紫和他,就应该很自然、很容易地连锁在一起。事实上却不然,他和阿紫确实很熟稔了,但是,他们之间的谈话,每次都围绕着徐世楚和冰儿打转。阿紫会详细地告诉他,她和冰儿结识的经过,以及冰儿和徐世楚结识的经过。"我和冰儿在大学是同学,两个人一见如故,她的家在高雄,我的家在台南,读书时,我们住一间宿舍,放假时,不是我去她家玩,就是她来我家玩。毕业后,我们又考进同一家电子公司,合租同一间公寓,我们虽是朋友,却情如姐妹。"阿紫用手指绕着头发说。这是她习惯性的动作,她有一头乌黑的长发。冰儿自从把头发剪短后,就对阿紫的长发十分嫉妒,她常常扯着阿紫的头发,叫着嚷着说:

"剪掉!剪掉!好朋友有福同享,有难同当!我的头发都剪掉了,你怎能不剪?"她叫她的,阿紫却仍然十分珍惜她的长发。

"冰儿非常热情,"阿紫继续说,"又爱笑又爱哭又爱闹,人长得又漂亮,在大学里,追她的男同学有一大把。但是,说来奇怪,在念书时,她就没有交过一个男朋友。而我呢……"她笑着,坦率地看着李慕唐,"我倒交了两个男朋友,都无疾而终。你知道,大学的男生都带着点稚气,不很成熟,时间一久,你就会觉得他们太小了。我交男朋友时,冰儿常笑我定力不够,她说不相信男孩子会让她掉眼泪。谁知道,大学才毕业,我们一起参加一个舞会,她在那舞会中碰到徐世楚,当天就向我宣布她恋爱了,从此就一头栽进去,爱得水深火热。那个徐世楚,你也知道,他确实很可爱。人长得帅,能说会道,心地善良,爱起来也火辣辣的。只是,他有点花。漂亮的男孩子大概都有点花,何况像徐世楚那么优秀!再加上电视公司那个环境，耳濡目染，全是风流韵事。徐世楚有些个风流事件，就常常传过来。而冰儿，她是用生命在爱，不是用头脑在爱，她的爱情里，一点儿理智都没有，所以，这段爱情，总让人觉得提心吊胆的，不知道结果会如何。"

确实，冰儿和徐世楚，真的会让人"提心吊胆"。

七月的一个黄昏，天气非常燠热，诊所里的病人还很多，朱珠和黄雅一都忙得团团转。就在这时，阿紫冲进了诊所，嚷着说："慕唐，赶快来，那两个人又在拼命了！"

李慕唐吓了一跳，经验告诉他，如果是阿紫在求救，情况一定很严重，他慌忙对朱珠交代了两句：

"不要再接受挂号了，让看好病的人拿药，其他的请他们明天再来吧！"他跟着阿紫，就冲上了白云大厦。

一走进冰儿的家，李慕唐就傻住了。

整个房间，简直乱七八糟，台灯倒了，花瓶、小摆饰、闹钟全滚在地毯上，书籍、报纸散落了满房间，镜框掉在地上，屏风撕成一条一条的。餐厅里，一地的碎玻璃，碗啊盘啊全成了碎片……这简直是一个劫后的战场，不堪入目。

可是，现在，战争似乎已经停止了。室内安静得出奇。李慕唐定睛看去，才看到徐世楚躺在一堆破报纸和靠垫里，一动也不动，不知是死是活。至于冰儿，却踪影全无。阿紫大叫一声:"不好!别两个人都死掉了!"她奔过去,抓住徐世楚的肩膀一阵乱摇,叫着,"世楚!世楚!你怎样了?你还活着吗?"

徐世楚翻身坐了起来,额头上肿了一个大包,脖子上全是指甲抓伤的血痕,衬衫撕破了,除此之外,倒看不出有什么大伤。他推开阿紫的手,不耐烦地、没好气地说:

"我活得好好的,干吗咒我死?"

"那么,冰儿呢?"阿紫急急地问。

"她把自己关在卧室里,不知道干什么。"徐世楚说,气呼呼地,"我看,她八成已经割腕了!"

"我没有割腕,"从卧室里,传出冰儿清脆的声音,"我在自焚。"

李慕唐没听清楚,他问阿紫:

"她说她在做什么?自刎吗?"

"自焚!"徐世楚大声地代冰儿解释,"自焚的意思就是自己烧死自己!"

"什么?自焚吗?"李慕唐大惊失色。

同时,阿紫已经惊慌失措地大叫起来:"不好了!慕唐,她在玩真的呢!徐世楚,你这王八蛋!你们看那门缝,她在玩真的呢!"

李慕唐对卧室的门看过去,这一看之下,真是魂飞魄散。那门的下面,离地板有条宽宽的门缝,现在,一

缕缕的黑烟,正从那门缝里往外冒,连那钥匙孔里,都冒出浓烟来了。李慕唐想也不想,立刻用肩膀撞向那扇门,嘴中大嚷着:

"冰儿!别开玩笑!开门!"

阿紫也加入来撞门了,一面撞,一面尖声叫着:

"冰儿!你不要傻!你烧死了没有关系,如果烧不死,变成个丑八怪,怎么办?"

"我会把我自己烧死!喀喀!"冰儿的声音清楚而坚定,只是被烟雾呛得有些咳嗽,"你们放心,我已经决心要把自己烧死!不只烧死,我还要烧成粉、烧成灰,烧得干干净净!喀喀!"

门缝里,烟冒得更多了,连客厅里都弥漫起烟雾来了。同时,冰儿在里面,已被呛得咳嗽连连,情况看来已十分危急,李慕唐大喊着:"打一一九!徐世楚!打一一九!"

徐世楚望望门缝,用手揉揉鼻子,冷不防被熏过来的烟雾冲进眼睛,眼中都熏出眼泪了,他这才发现情况紧张,有些不安。但他瞪着那门,仍然嘴硬:

"她要找死,就让她去死!"

"徐世楚!"阿紫狂叫,"你不弄出命案来,你就不甘心,是不是?还不快来帮我们撞开这扇门!"

徐世楚瞪着那腾腾烟雾,咬紧牙关,涨红了脸,一动也不动,李慕唐已经快要急死了,他对着门大声嚷着:

"冰儿！你别发疯，世界上最痛苦的死法是自焚，火烧起来是最恐怖的事，它会把你一寸一寸烧焦！你这傻瓜！赶快出来……"

"我就是要用最痛苦的办……喀喀喀……我烧成了灰……喀喀喀……我还是要找他……算账……喀喀喀……我化成了烟……喀喀喀……我还是要找他……喀喀喀……很好，很好……"她忽然费力地吸着气，"已经烧到脚指头了，很好……很好……"

徐世楚再也忍不住了，他跳起身子，狂叫着：

"冰儿，你疯了！你真的疯了！"

然后，他猛力地用肩头直撞上那门，他的个子高，力气奇大。一面猛撞，一面嘴里乱七八糟不停地嚷：

"你疯了！你疯了！冰儿！烧成灰会很痛，你知道吗？你这个疯子！笨蛋！傻瓜……你开门呀！"

"砰"的一声，门被他们合力撞开了。

门内的局面，却使他们每个人都愣住了。

原来，冰儿好端端地坐在地毯上，正用一个铜制的字纸桶，烧着一大堆的废报纸，同时，她还用个电风扇，把烟吹向门缝，那些烟，就是这样钻出门缝来的。一看到徐世楚破门而入，她立即从地毯上一跃而起，胜利地叫着：

"好呀！徐世楚，你不是叫我去死吗？原来，你还是舍不得我死呀！"

徐世楚气得鼻子里都快冒烟了,他脸色发青,眼睛发直,嘴唇发白,他瞪着她,气结地说:

"你……你……你……"

"我烧成灰,你会心痛吗?"冰儿斜睨着他,笑嘻嘻地问,"你还是怕我死掉的,是不是?你心里还是不能没有我,是不是?"

"你——混蛋!"徐世楚破口大骂,"你去死!"忽然间,他奔过去,一把抓住冰儿的手,把那只手揿进那正冒着烟的字纸桶里。"烧呀!"他叫,"烧死呀!"

冰儿咬着牙,一声也不吭。

李慕唐冲上前去,飞快地拉出冰儿的手,一检视之下,那白白嫩嫩的手指上,已经被灼得红肿起来。李慕唐又气又急,叹着气说:

"你们两个有完没完?又不是小孩子打架,一定要打得两败俱伤才行?"

"有完没完?"徐世楚瞪视着冰儿,一个字一个字地说:"冰儿,让我清清楚楚地告诉你,我们之间完了!从此以后,你过你的日子,我过我的日子。你再也不要来找我,再也不要打电话给我!我发誓不要再见到你!"说完,他转身就走。

阿紫正忙着用水熄灭了火,又去开窗子放烟。这时,看到徐世楚真的要走,她马上跑过去,迅速地拦住了他,笑着说:"哎哟,真走吗?吵吵架是常事,有什么了不起？别走别走！你把我们家弄成这副德行，你还得帮忙收拾呢！不许走！"

"你让他走！"冰儿咽着气说，"他等不及要去见他的陆枫！"

"是的，我等不及要见陆枫，我还等不及要见江小蕙、何梦兰、萧美琴……"徐世楚一连串背了一大堆名字，喘着气说，"我最不要见到的就是你！"

冰儿站在那儿一动也不动，脸颊上，逐渐失去了颜色。她紧紧地盯着他，问："你说真的？"

"当然真的！"徐世楚说，"我的女朋友本来就多，你以为只有你一个吗？我认识你已经倒了十八辈子霉！我告诉你，樊如冰，我对你已经厌倦了！"

"徐世楚！"李慕唐叫。

"徐世楚！"阿紫也叫。

"你说——你厌倦了？"她问。

"是的！"徐世楚豁出去了，他大声地说，"厌倦了！冰儿，你知道你是什么吗？你是个长不大的小孩子！你永远要生活在戏剧性里！我累了！和你谈恋爱谈累了，我要跟你说再见了！"说完，他转身就向门外冲，阿紫又拦了过去，堆着一脸的笑，张着嘴，还来不及说话，徐世楚先说了：

"阿紫，你不放我走吗？"

"请——不要走吧！"阿紫软弱地笑着。

徐世楚收住了脚步,盯着阿紫。

"阿紫,我可以留下来,如果你一定不放我走!"他的声音强而有力,"可是,我留下来,不是为了冰儿,而是为了你!"

这是一枚炸弹。阿紫的脸色立刻变白了,她连退了三步才站稳,她盯着徐世楚,张口结舌地说:"你……怎能……开这种玩笑?"

"你知道我不是开玩笑,"徐世楚沉声说,"阿紫,你比谁都聪明,你知道我没有开玩笑!你知道我每次到这儿来,并不仅仅为了冰儿!"室内,突然间陷入一份死般的寂静里。

阿紫睁大了眼睛,惊慌失措。徐世楚高大的身子,挺立在房间正中,眼光幽暗地看着阿紫。冰儿呆住了,嘴唇上一点血色都没有了,她急促地呼吸着,像只被吓呆了的小鸟。李慕唐觉得,此时此刻,是他应该出来打圆场的时候,可是,他也被震慑住了,被徐世楚这几句话震慑住了!站在那儿,他竟然动也不能动。好半晌,第一个说话的竟是冰儿:

"阿紫!"冰儿温柔地叫。

阿紫吃惊地抬起头来,看着冰儿。

"阿紫。"冰儿走了过去,伸手握住阿紫的手。李慕唐注视着她们,两个女孩子的手都在发抖。"你是我最要好最要好的朋友,"她说,嘴唇颤抖着,"我要告诉你,阿紫，不论发生了什么事，你永远是我最要好最要好的朋友！"

阿紫喘息着，眼里蓦然间充满了泪水。她焦灼地说："冰儿，你不会以为我……"

"嘘！"冰儿轻声打断了她，脸色是严肃而正经的，"不要解释，我想，我都懂。"她转向了徐世楚，对他定定地看了两秒钟。"你留下，我走。"她说，一转身，她抓住了李慕唐的手，"慕唐，我可不可以到你那儿去避避难？我不太相信我自己，搞不好我真的会去自焚。"

李慕唐此时才缓过一口气来。

"当然，冰儿。"他说，"我们走吧！"

"不行！冰儿！"阿紫叫，泪水夺眶而出，"你走什么走？你走了算什么名堂？我怎么会搅进你们的战争里去的？我看，我走吧！"

"算了，"徐世楚哑声说，"你们都别走！从头到尾，就该我走！再见！"他打开大门，冲出了公寓，这次，阿紫没有拦住他，没有任何人拦住他。他走了，砰的一声把门带上了。

室内又安静了。冰儿缓缓地、缓缓地坐到沙发上去了，她低着头，呆呆地看着那一地的碎玻璃。阿紫沉默地站了片刻，走过去，她在冰儿身边坐了下来，试探地伸手去摸摸冰儿的手，她轻声说："不要相信他！他存心在气你。"

冰儿抬眼看阿紫，忽然，她"哇"的一声，放声痛哭，她伸手紧紧地抱住了阿紫，哭泣着喊：

"我不能同时失去爱情和友谊，我会死！我真的会死！阿紫，我不要失去你！"

"你没失去我，我向你保证！"阿紫急急地说，也哭了起来，"那个疯子在胡说八道！"

"问题是，他没有胡说八道。"冰儿哭得伤心，"我已经——已经——失去你们了！"她把头深深埋进阿紫的怀里。

李慕唐呆站在那儿，一直到此时，他仍然弄不清楚，自己在这幕戏中，扮演什么角色。他只知道，当他看到两个女孩子抱头痛哭时，他竟也鼻子酸酸的，眼眶里湿漉漉起来。

第七章

第二天，李慕唐整天都很忙，夏天是细菌感染的季节，流行性感冒像海浪一般，总是去了又来。肠炎、脑炎都有蔓延的趋势。诊所中从早到晚，都是学龄以下的孩子，大的哭、小的叫，忙得李慕唐头昏脑涨。

他一直想抽空打个电话给冰儿，就是抽不出时间。但是，晚上，诊所还没下班，冰儿就来了。

"你忙你的，"冰儿推开诊疗室的门，对他说了句，"我在候诊室等你，你不用管我！"

她在候诊室坐下来，随手拿了一本杂志，就在那儿细细地读了起来。李慕唐悄悄地注意了她一下，她看来消沉、安静而憔悴。朱珠趁递病人的病历表来时，在他耳畔说：

"你的女朋友好像有心事！"

黄雅一则说:"奇怪,她怎么不笑了?"

整晚,两个女护士研究着冰儿。冰儿却安安静静地看杂志,看完一本,再翻一本。

终于,病人都走了。

终于,朱珠和雅一也走了。

关好了诊所的大门,李慕唐一面脱下医生的白衣服,一面在沙发上坐下来,好累!他伸了个懒腰。冰儿跳起身子,去自动贩卖机弄了杯咖啡来,递到他的面前。

"喝杯咖啡吧!"她温柔地说,"跟你认识这么久,只有今晚,才体会到你的忙碌。你的工作,实在一点也不诗意。"

"不诗意,"他叹了一声,"也不浪漫。我说过,我一直面对的人生,都是平凡的。"

"不平凡。"她由衷地说,"你每分钟都在战争,要战胜那些病,还要给那些家属和病人信心,你每天面临的,是一个科学家和一个神的工作,你怎能说这种工作,是平凡的?"

李慕唐凝神片刻。唉唉,冰儿,你有张多么会说话的嘴,你有颗多么细腻的心,你还有多么智慧的思想,和多么敏锐的反应……这样的女孩,是上帝造了千千万万个,才偶然会造出这样一个"变种",应该称之为"奇迹"。

"你很累了?"冰儿注视他,"我知道我实在不应该在你这么疲倦的时候打扰你。但是，慕唐，我已经养成往这儿跑的习惯了！"

"很好的习惯！"他笑起来，"千万要保持。"

她对他柔弱地笑了笑。

"我帮你按摩一下，会缓解疲劳。"她说，走到他身后，开始捏拿他的肩膀，别看她纤细苗条，她的手劲居然不错，确实让他觉得筋骨舒坦。但是，他却不忍心让她多按，几分钟以后，他已经笑着抓住她的手，把她拉到身前来，说："坐下吧！"

"不好吗？"她问。

"很好。"他真诚地说，"只是，我更喜欢面对着你。坐下吧！"他拉住她。她的手在他手中抽搐了一下，她不自禁地疼得皱眉头，嘴里唏哩呼噜地抽着气。他这才惊觉她的手昨晚烧伤了。

"给我看看！"

"没什么。"她想藏起来。

"给我看！"他固执地说，"别忘了我是医生。"

"我应该预交一笔医药费在你这儿。"她的眼神黯淡，但是，唇边却始终带笑。

"不，你应该去保意外险。"

他注视那只手，昨晚灼伤的部分已经起了一溜小水泡，红肿而发亮。他说："我去拿点药！"

"别忙，"她拉住他，"你坐下。和我说说话，不要跑来跑去的好吗？我的手实在没有什么。"

"伤口在心上？"他冲口而出。说完，就后悔了。这种说话不经思考的毛病，实在是被冰儿他们三个传染的，可是，说完了他依然会觉得太鲁莽。果然，冰儿唇边的笑容消失了，眼神更加黯淡了。坐在沙发上，她把双腿盘在沙发里，整个人蜷缩着，看来十分脆弱，十分无助。

他去取了药，有好长的一段时间，他们都没有说话。他忙着帮她消毒、上药，又用绷带细心包扎起来。都弄好了，他才拍拍她的手背说："拜托，最好不要碰水。"

"哈！"她突然说，"我知道我不能碰水，小时候，算命先生说我命中要防水，最好不要学游泳。我看，我将来说不定会淹死。"

"淹死，烧死，毒死，"他叹口气，"你对死亡的兴趣实在很大。"

她侧着头，深思了一下。

"慕唐，"她正色说，"你是医生，请你告诉我，人为什么要活着？"

"因为——"他也深思了一下，"人不幸而有了生命，所以必须活着。"

"那么，人又为什么会死亡？"

"因为——人不幸而有了生命，所以必须会死亡。"

她一瞬也不瞬地盯着他。

"就这么简单？"

"是的。"

她又想了一下,忽然说:"慕唐,你知不知道?你常常让我很动心?"

唉唉!冰儿。他心中叹着气。不能这样说话,不管你是真心还是假意,冰儿,不能这样说话。你会搅动一池春水,你会引起一场火山爆发。你言者无心,怎能保证听者无意?他蓦然间移动了身子,和她保持了一段距离。端起咖啡,他掩饰什么似的喝了一口,说:

"告诉我,你和阿紫之间怎样了?"他问。

"很好。"她简短地说。

"很好?"他重复地问。

她抬眼看看他。忽然把下巴埋进膝头去。

"不好。"她说。

"不好?"

"不好,不好,不好。"她摇着头,"你知道吗?今天一整天,我们找不出话来说。以前,我们总是说这个说那个,有事没事我们都可以聊到深夜,但是,今天我们之间僵掉了,我们居然无话可说!"她咬咬牙,"那个——该死的徐世楚!"

他不语。她抬眼看他。

"慕唐,你坦白告诉我,我是不是让人很累?"

"有一点。"他坦白地说。

"你会'怕'这种'累'吗?"她强调了"怕"和"累"

两个字,清楚而有力地问。

"我?"他失笑地说,"我不怕。"

"为什么你不怕?"

他笑了。"能拥有这种'累'的人,是有福了。"他笑着说,"我一直希望有人能让我累一累,那么,就肯定人生的价值了。人,不幸而有了生命,就应该幸而有了爱情。"他沉思片刻,"这种幸福,是可遇而不可求的。"

"幸福?"

"是啊!能为你'累',也是一种'幸福'啊!"

她坐着,眼睛闪闪发光。忽然间,她就跳了起来,一直走到他面前,她突兀地伸出手臂,搂住了他的脖子,就飞快地在他唇上吻了一下。吻完,她站直身子,说:

"慕唐,你让我心动,你真的让我心动。"

说完,她转身就冲向大门,拉开门,她头也不回地跑走了。他怔怔地坐在那儿,只觉得自己心跳耳热。冰儿,他想,你才让我心动,真的让我心动。

三天后,她走进他的诊所。

"慕唐,我认识你很久了,每次都在你诊所聊天,面对着一大堆医疗用品,好像我是病人似的。今晚,我能不能去你楼上的'家'里看看?"

"当然可以。不过,那儿不是家,是单身宿舍。"

"哦。家的定义是什么?"

"家的定义是'温暖',像你们那间幻想屋,虽然没有男主人,却很温暖,是个家。"

"那么,那个家也不存在了,那是女生宿舍。"

他看她,她微笑着,笑得挺不自然的。于是,他带她上了楼,到了他的"单身宿舍"。

其实,这房子布置得简朴而雅致,房子也不小,一个大客厅外,还有两间卧室。只是,李慕唐的书实在太多了,客厅里装了一排大书架,里面全是书,卧室里也有书架,也堆满了书。再加上,李慕唐看完书常随便丢,所以,沙发上、茶几上、地毯上……到处都有书。因此,这房里虽然有沙发有茶几有安乐椅,墙上也挂了字画,窗上也有窗帘,可是,你一走进来,仍然像走入了一间图书馆,实在不像一个家庭的客厅。

"哇!"冰儿四面打量着,"怪不得!"

"怪不得什么?"

"怪不得我总感到你和一般医生不同!你温文儒雅,一身的书卷味,随便说几句话,就要让人想上老半天!原来,你的思想、你的学问、你的深度……是这样培养出来的!"

他的心轻飘飘了起来,幸好,他还有些"理智"。他走过去,停在冰儿面前,郑重地看她。

"冰儿,我们约法三章好吗?"

"怎样?"

"不要灌醉我。"

"我不懂。"

"你懂的。你冰雪聪明,所以,你什么都懂。"他凝视她,"你知道,我酒量很浅,很容易醉。"

她的睫毛闪了闪,定睛看他。

"我从不撒谎。"她说。

"才怪。"

"我不会拿我内心的感觉来撒谎。"她认真地说,"你不是酒量太浅,你是太谦虚了,要不然,你就是对自我的认识不够。"她走到书架前面去,"好吧,我不说,免得你莫名其妙就醉了。"

她看着书,突然大发现似的叫起来:"哇!你这儿居然有好多翻译小说!《哀泣之岛》《玫瑰的名字》《亲密关系》《四季》《砂之器》《荆棘鸟》……哇,我能不能借回去看?"

"当然可以。"

她开始收集她想看的书,抱了一大摞。

"别太贪心,"他说,"你先拿一部分,看完了可以再来换。"

"好。"她翻着书本,选她要的。

"你这样选书,怎么知道哪一本是你要看的?"

"我找对白多的书。"她说,"我最怕看描写了一大堆,而没有对白的书,所以,理论性的书我绝不看。"她选了《四季》《情结》《砂之器》,和《荆棘鸟》。

"很好,"他说,"侦探、恐怖、爱情、文艺都有了。只差科幻小说!"

她在沙发里坐下来,把小说堆在一边。

"我有没有东西可以喝?"她问。

"有茶。"

"好,我自己来冲。"她又跳了起来。

他伸手阻止她,"我去,你是客。"

她把他拉了回来。"坐下!好吗?"她说,"我不是客。除非你不欢迎我以后再来,否则,你让我自由一点。我会找到你的茶叶罐,你放心。"她真的找到了茶叶罐,也找到了茶杯,还找到了热水瓶。她冲了两杯热茶,端过来,放在他面前的小几上。然后,她舒适地躺进了沙发里,再度环视四周,轻轻地叹了口气。

"这是一个'家'。"她说,"温暖、安详、恬静、舒适……还有这么多书,它起码可以让你的内心不那么空虚。"她停住了。转过头来看他,眼光幽幽的、深深的。她沉默了一下,忽然说:"慕唐,我和徐世楚,是真真正正地结束了,完了。"

"怎么?"他犹疑地说,"你们每次吵架,不论多么激烈,不是都很快就讲和了吗?"

"那不同,那是吵架。"她静静地说,"这一次不是吵架,是结束。"她顿了顿,眼光飘到窗外去,半晌,她收回目光,再看他。"很痛很痛的一种结束。痛得你不知道该怎么办。"

"要不要我和他谈一谈?"

"哦,不要,绝对不要。"她说,"我今天跟他见过了面,两人都很坦白。他告诉我,他'曾经'觉得和我在一起是刺激的、新鲜的、热烈的……而现在,他觉得我太不真实,根本不像个现代人。换言之,他长大了,而我还没有长大。他认为和我的恋爱,是一件'幼稚'的事。话说到这种地步,就再也不可能转圜了。总之,一切都结束了。说得再坦白一点,是我被他甩了!"她低下头去,用手抚弄裙角,下意识地把那裙角折叠起来,又打开去,"我认为,他这次是真正地'醒'了。"

李慕唐没说话,在这种时候,他觉得自己说任何话都是多余的。一个人如果心灵上有伤口,只有时间才能医治它。他虽是医生,也无能为力。室内安静了一会儿。然后,她忽然振作了,伸了个懒腰,她甩甩头,潇洒地笑了。"不要那么哀愁地看着我,你瞧,我不是活得好好的吗?我脸上并没有刺上'失恋'两个字,是不是?而且,我绝不能,绝不能……"她强调着,"破坏你这屋子里的安详和恬静。"她又一次环视四周,"慕唐,你知道你有一颗好高贵的心吗?不只高贵,而且宽宏。"

又来了!那轻飘飘的感觉。"是吗?"

"是的,"她肯定地说,凝视他,"自从第一次见到你,我就觉得你好高贵。你有种特殊的气质,你文雅,实在……像……像一片草原。我这样说你一定不懂。是这样的,我的生活、恋爱,都像飘在天空上的云,很美,却很虚幻。你呢?你是一片草原,绿油油的,广大、平实,而充满了生机。这就是为什么,我总喜欢往你这儿跑的原因。当我在天空飘得快掉下来了,我就直奔向你这片草原,来寻求实实在在的落脚点,来找寻安全感。"她紧盯他,眼光深不可测,"你懂了吗?"

"有一些懂。"他说。

她靠近了他,双手兜上来,绕住了他的颈项。"慕唐。"她低声叫。

冰儿,这不公平。他心里想着。我已经警告过你,不要灌醉我。他用手拉住了她的胳膊。

"冰儿,你知道你是怎么回事吗?你受了徐世楚的刺激。现在,你心里充满了挫败感。事实上,你对我了解不深,我是草原或是高山,你并不能十分肯定,你之所以想接近我,只因为你的失意。"

"不,你错了。"她说,"你一再低估你自己。"她把他的头拉了下来,睫毛半垂着,眼睛里盛满了酒,浓浓的、醇醇的酒,浓得可以醉死神与佛,"慕唐,我很讨厌吗?"她低问。

"不,你非常、非常、非常可爱。"

"那么,"她吐气如兰,"吻我!"

"不。"他挣扎着。

"为什么?"

"那不公平。"

"对我不公平吗?"

"不,对我不公平!"

"怎么讲?"

"你只是想证明,你自己还有没有魅力,还能不能让男人心动。"

"那么,我的证明失败了?"她轻扬着睫毛问,有两滴泪珠沿着眼角滚落,"你是告诉我说,我已经没有丝毫的魅力,也不能让你动心了?是吗,是吗?"

哦,冰儿,你不知道你有多可爱,你不知道我要用多大的定力来避开你。但是,这样太不公平,对你不公平,对我也不公平。你正受着伤,受伤的动物寻求安慰,和健康的动物寻求伴侣是两回事。当你的伤口愈合,你会发现你愚弄了自己,也愚弄了别人⋯⋯

"我明白了。"她忽然说,放开了他,"抱歉,"她涨红了脸,满脸的挫败、失意和痛苦,"我是——自找其辱!"她转身就往门外冲。他一把拉住了她,飞快地把她拥入怀中,低下头,他的唇就炽热地紧压在她的唇上了。

唉!冰儿,管他公不公平!我醉了。他想着,他的唇紧紧地、紧紧地贴着她的,他的手臂强而有力地拥住她。他的心狂猛地跳着,每跳一下,是一声低唤:冰儿!冰儿!冰儿!

第八章

接下来的三天,冰儿都一下班就直奔李慕唐的诊所。

平常,李慕唐每日三餐,都十分简陋,早餐自己冲杯牛奶、烤片吐司就解决了,中餐和晚餐多半都是朱珠或小田她们打电话叫便当来吃,"便当"是这个工业社会的新兴行业,专为这些忙碌得无暇做饭的人而产生的。所以,诊所后面虽然也有厨房和餐厅,却形同虚设。

冰儿既然每晚六七点钟就来,他们的便当就多叫一份;冰儿会乖乖地陪他们吃便当。然后,她就在诊所里整理被病人弄乱的书报杂志,每当有母亲拖儿带女来看病时,她也会帮人照顾孩子。她只是不走进诊疗室,李慕唐后来发现,她很怕看到打针,也不能见到血。

冰儿的"报到",带给诊所小小的震动。朱珠说:"看样子,快了快了!"

"什么东西快了快了?"雅一问。

"我们的李医生,快被套牢了。"

"什么快被套牢了?是已经套牢了!"

两个女孩就"咯咯咯"地笑了起来。然后,雅一问:"你家的鱼池还搁在那儿呀!"

"没有白搁着,这几周,我哥哥和他的同事们都来钓鱼,上星期钓起一条八斤重的大鲤鱼,三个人合力才把它拖上岸,好好玩啊!……"朱珠和她的鱼池,谈论的声音那么近地荡在耳边,那事情已距离他十万八千里远。真不知道何年何月何日,他才真会去那鱼池钓鱼。他想着,不自觉地看看窗外,又看看手表,冰儿怎么还没来呢?那种期待的情绪,已经把他所有的思绪占满了,把他的意志控制了。

一连三天,都在天堂。

冰儿那么乖巧,那么宁静。坐在候诊室里,一坐就是整个晚上,如果候诊室里不需要她工作,她就捧着本小说,在台灯下细细阅读着。有时,李慕唐会不相信,这就是那个会闹会叫会服毒会拼命的女孩。这三天,她温柔得就像中国的一句成语"静若处子"。每晚,当李慕唐的工作结束后,他们就会手携着手上楼,到了楼上房间里,房门一合上,冰儿就会热烈地投入他怀中,用双手环抱着他的腰,把面颊紧偎在他的肩上,在他耳畔反复地低喊:"我好想你,好想你,好想你哦!"

"唔,"他哼着,被她的热情扰得全身热烘烘的,"我不是一直在你视线之内吗?"

"视线之内?"她惊呼着,"太阳也在我的视线之内呀,星星也在我的视线之内呀!你是医生,一定可以知道人类的视线,最远可以达到多远……"她垂下睫毛,推开他的身子,受伤地说:"老天,你一定'不想我'!"

"谁说我不想你?"他慌忙把她拉回怀中,"我每天一睁开眼睛就开始想你,到了五六点钟就心神不宁,看窗子总要看上几百次,每当有人推门进来,就以为是你。"他盯着她,"早知爱情这么让人神魂不定,真不该让自己陷进来。"

"你后悔啦?"她问。

"才怪!"于是,他会紧拥着她,给她一个热烈的、缠绵的吻。这吻往往把两人间的气氛弄得紧张起来,她那柔软的身子,散发着那么强大的热力,他会不可自持。可是,她总是及时摆脱了他,跑去烧开水、冲茶……把他按进沙发深处,为他按摩,让他放松那紧张的肌肉。

有一次,她垂着眼睑,半含羞涩半含愁地说:

"我并不是保守,只是不想让我们的关系变成彼此的一种责任。你是那种死心眼的人,你说过,我对你的了解并不深。而且,这一切发展得太快了。我不想……造成你的心理负担。"

冰儿啊,你对人性,怎能了解得如此透彻呢?

所以，他们在接下来的两小时里，都会非常平静、非常甜蜜、非常温柔地度过去。他们谈小说，谈人生，谈彼此的过去，谈理想，谈抱负……时光匆匆，两小时总是不够用。为了坚持他必须有足够的睡眠，她在一点钟以前一定回她的"女生宿舍"。这两小时，是李慕唐从没享受过的生活。虽不喝酒，醉意总是回荡在空气里。她的眼波如酒，她的笑语如酒，她的一举手一投足都令人醉。有时，他会被自己那强烈的感情惊慑，他想，他就是醉死在她的怀里，也是"死亦无悔"。这种"浪漫"的想法会让他自己吓一跳，原来"浪漫"也是"传染病"啊！冰儿有很好的歌喉：甜蜜、磁性、微微带点童音。李慕唐一直记得冰儿喝醉酒，唱的那支"就这样陪着你走遍天之涯"，但是，和她交往后，她就绝口不唱那支歌。她依然喜欢哼哼唱唱，有时，他躺在安乐椅里，她会坐在他面前的地毯上，把头依偎在他的膝头，轻轻地哼着歌。他对流行歌曲一向不熟悉，听不出她在哼些什么，只觉得她的声音里，带着醉死人的温柔。"你在唱什么呢？"有次，他问她。

"《如今才知道》。"她低语。

"什么？"他听不清楚。

"《如今才知道》。"她重复着说，于是，抬起头来，她仰望着他，双颊如醉，双眸如水，她清晰地唱：

如今才知道，天也可荒，地也可老，唯有知遇恩，绵绵相萦绕。

　　如今才知道，往事如烟，旧梦已了，与你长相守，白发盼终老！

　　唱完，她把双手伸在他膝上，眼光静静地停驻在他脸上，安详而温柔地说："请允许我，为你重新活过！"

　　啊！冰儿！他心中激荡着无数股狂流，汇合为一个大浪，那浪头对他全身心涌了过来，浪中只有一个名字，啊！冰儿！

　　阿紫是第四天来找他的。

　　那天是星期六，诊所中午十二点就下班了。小田和小魏都走了之后，他还没关诊所的门。因为，他不知道，冰儿会不会来，就在他等待的情绪中，冰儿没来，阿紫却来了。

　　"慕唐，"阿紫一进门就说，"我可不可以和你谈一谈？"

　　"哦，当然可以！"他说，很高兴阿紫来了。

　　这几天，他一直劝冰儿和阿紫和好，不要怄气，冰儿总是叹口长气说："如果是怄气，就好办了。你知道我这个人生气也生不长的，问题是，我们还是讲话，还是一起上班，就是没有以前那种欢乐了。"他想，两个女孩子在基础上还是有深厚的友谊，只是，在此时此刻，那种"僵局"尚未打开而已。现在,阿紫来了,只要冰儿一到,他一定想办法把两人拉去吃饭,喝一点酒,说不定两人一高兴,来个"剪刀、石头、布"就把所有的不愉快都抛开了。

"阿紫!"他好高兴地说,"坐吧,我给你先拿杯咖啡,等冰儿来了,我们一起去好好地吃一顿,你不是最爱吃海鲜吗?我请你们去叙香园。"

"哦,"阿紫愣了愣,脸色有些不安,"冰儿马上会来吗?"她问。

"应该会来吧!"

她站在那儿发怔,摇摇头,她说:"算了,我走了。"

他很快地拦住她,笑着:"你不是有话要和我谈吗?"

"改天吧!"

"别走!"他热情地说,"你们之间是怎么了?何苦弄成这样?阿紫,冰儿每天谈到你就很难过,其实,她一点都没有怪你……"

阿紫抬起头来,紧紧地盯着他,神色有点怪异。

"慕唐!"她打断了他,"你和冰儿,在谈恋爱了吗?"她忽然问。

"哦!"他居然有些腼腆起来,"我……我想是。"

"什么你想是?到底是不是?"阿紫率直地问,语气中有几分莫名其妙的火药味。

"是。"他只得坦白地回答。

"慕唐!"她惊诧地喊了一声,"你不觉得这太突然了吗?你不觉得这根本不可能吗?你不觉得这事太离谱了吗?你不觉得……"她一连串地问,声音抬高了。她看来非常恼怒。

"慢一点。"慕唐插嘴,背脊不由自主地挺直了,"你认为我不该和冰儿恋爱吗?"他瞪着她,"是我配不上她?我冒犯了她?我高攀了她?"

"不是!"阿紫焦灼地跺跺脚,"你……你……你应该改个名字叫李荒唐!这事根本就荒唐!"

"为什么?"他也有了几分火气,"徐世楚可以爱冰儿,而我不能!因为我的分数不如徐世楚吗?"

"不是!"阿紫叫了起来,瞪着他,"你难道不知道,冰儿和徐世楚只是闹别扭,他们三天以后就会讲和,那时候,你这个笨蛋要如何自处?"

"不,不。"慕唐急急地说,"阿紫,你怎么没进入情况,那小子不是爱上你了吗?这几天你们难道没有约会,难道不在一起吗?"

"我从没和徐世楚约会过!"阿紫涨红了脸,眼中竟闪起了泪光,"这几天,我根本没见过徐世楚的面!他那天和冰儿吵架,他故意扯上我,是……是……"她有些气急地说,"是存心要让冰儿伤心的!他们每次吵架,彼此都会找最绝的话来说、最绝的事来做,这……根本算不了什么。但是,你……你这个傻瓜,为什么不置身事外，冷眼旁观呢？你……你……为什么要去招惹冰儿呢？"

"等一等，"他说，"你的意思是说，我不该乘虚而入？"

阿紫瞅了他几秒钟，憋着气不说话。

"阿紫！"他想了想，认真地、坦白地、诚恳地说，"我懂你的意思了。你希望恢复以前的局面，你认为徐世楚和冰儿还有希望重修旧好，你认为我把情况搅乱了。但是，阿紫，每个人都有自己的感情，坦白说，我对冰儿，是情不自已。或者，我们发展得太快了，或者，是太突然了，可是，一切已经发生了。至于冰儿和徐世楚，我相信他们之间完全结束了。你说我乘虚而入也罢，你说我乘人之危也罢，我反正——爱上冰儿了。"阿紫一瞬也不瞬地看他。半晌，才迟疑地问："爱她……有多深？"

"唉！"他叹口气，"我不想对感情的事说得太夸张，我一向就没有经过什么轰轰烈烈、惊心动魄的爱情，也不相信有这种爱情，更不会料到，自己会有这种爱情。但是，现在，"他耸耸肩，"怎么说呢？说什么呢？阿紫——"他回视着她，郑重而严肃地说，"我爱冰儿，更胜于爱我自己的生命。"

阿紫深深地吸了一口气。

"我的天！"她跌坐在沙发里。

"怎么了？阿紫？"他困惑地，"你不为我和冰儿高兴吗？最起码，冰儿不再为徐世楚而痛苦，你不觉得她最近活得比较快乐吗？是不是？"

阿紫咬了咬嘴唇。"好吧！"她终于说，"我想，我赞不赞成根本于事无补，反正，事情已经是这个样子了。慕唐，我说什么话都没用了，我只有祝福你！"她站了起来，转身往门外冲，"我走了！你……好自为之！"她几乎一头撞到正推门进来的冰儿身上。

"嗨！"冰儿惊愕地叫，"阿紫！"

阿紫收住了脚步。"我正要走，"阿紫匆忙地说，"再见！"

冰儿很快地靠在玻璃门上，挡住了阿紫的去路。她唇边浮起一个软弱而乞求的笑。

"你走到哪儿去？"她问，"徐世楚那儿吗？"

阿紫站住了，盯着冰儿。

"我刚才就在和慕唐谈这件事，"阿紫说，"我从没有和徐世楚约会过。自从你们吵架那天起，我也没有再见到过徐世楚，假若我说谎……"她越说越激动，"我就被天打雷劈！"

"算了算了！"冰儿慌忙说，"你干吗这样激动？即使你有，我也不生气了！"

"可是我没有！"阿紫更激动了，脸涨得通红，"我跟你说我没有就没有！我真不懂怎么会发生这种事。"

冰儿注视了她一会儿，很快地，她伸出胳膊去，亲切地揽住了阿紫的腰，她靠近阿紫，低俯着头，悄声地、愉快地、亲昵地说："我告诉你，阿紫，现在一切的局面都变了！"抬起头来，她注视着李慕唐，有些腼腆地问：

"慕唐，你有没有告诉她，我们俩的事？"

"哦，"李慕唐应着，"是的，我都说了！"

"瞧！"冰儿笑吟吟地转向阿紫，脸颊微微地泛着红晕，带着三分羞怯和七分喜悦，她丝毫也不掩饰自己的感情，坦率地说，"阿紫，我们之间再也没有阴影了。我现在好快乐、好幸福，这种感情，是我和徐世楚在一起时，从来没有过的。世楚和我，好像在燃烧生命，虽然热烈，却烧得彼此都痛楚。这一点，你一直亲眼目睹，相信你会懂。至于慕唐，"她顿了顿，收起笑容，她诚恳、真挚、而慎重地说，"他不同，他稳重平和、深刻细腻，他使我觉得安宁、平静，充满了幸福感和安全感。我想……这才是一个女人真正追求的感情！"

慕唐屏息片刻，感到胸口热烘烘的。冰儿啊！谢谢你坚定了我的立场！阿紫深深地凝视冰儿，认真地急切地问：

"真的吗？冰儿？你真觉得幸福吗？你真觉得不再在乎徐世楚了吗？"

冰儿想了想。"那道伤痕还在。"她说，"但是，它会慢慢消失的。套一句慕唐的术语，每条伤口总有伤痕。

可是，它会好的！总之，"她挺了挺肩，扬高了声音说，"我不是活得好好的吗？我不是活得很快乐吗？"

"哇！"阿紫忽然高兴了，她终于接受了这新的事实。也终于开颜而笑了，"太好了！冰儿，这太好了！"她又转头看慕唐，似乎好不容易，总算承认慕唐了。她笑着说："为了这种转变，为了这份新的爱情，我们是不是应该——去好好地庆祝一下？"

"所以我说——"慕唐这才笑了起来，"我们去吃海鲜，喝一点酒！"

"走哇！"冰儿叫，奔过来，不由分说地，用左手挽着阿紫，右手挽着慕唐，兴冲冲地喊，"我们去叙香园，我最爱吃那儿的螃蟹！"

快乐的时光，似乎又回来了。虽然局面和以前已大不相同。慕唐看到两个女孩又恢复了友谊，他心中充满了欢愉和幸福感，他根本没有心思，去想那个徐世楚了。

第九章

这确实是个令人难忘的周末。

他们三个，吃了一顿极丰富的午餐，李慕唐和冰儿都吃得很多，只有阿紫，她似乎还没有完全从那份"阴影"中解脱出来，她始终有点勉强，有点忧愁，有点怀疑。吃饭的时候，她常常悄眼打量冰儿和慕唐，好像希望从他们的脸上，证实一些什么。为了提高大家的兴致，慕唐叫了一瓶酒，为了不让大家太忘形，他提议浅酌为止。于是，大家都喝了点酒，大家都有了些酒意，气氛立刻就放松了。冰儿变得非常健谈起来，拉着阿紫，她不停口地说："阿紫，你不知道慕唐有多好，他教了我许多我以前根本不知道的东西，站在他面前，我总觉得自己好渺小，他博学、深奥。你必须花费一些时间，才能了解他……"

"嗯，哼！"慕唐清着嗓子，对冰儿这种毫不掩饰感情的作风，他依然不能适应：过度的夸奖，反而使他尴尬起来。"冰儿，你又来了！"他说，"你太夸张了！"

"你是的！"冰儿热心地说，"我没有夸张！"

"好，好，好！"慕唐安抚地，"你要不要吃鱼头？"

"哇！我最爱吃鱼头了，阿紫，我们分着吃！"

慕唐把鱼头一剖为二，分给了冰儿和阿紫。

阿紫啃着鱼头，一边吃，一边盯着冰儿和慕唐，她说："冰儿，真好，对你而言，这真是'绝地逢生'啊！"

怎么，这语气有点酸溜溜呢！

"不，阿紫。"冰儿忽然一本正经地，正色地说，"这几天，我一直在研究我自己，我有一份新的发现。我觉得，我一定在很久以前，就爱上慕唐了，只是我自己并不知道。否则，怎么可能在三天中，我对他就难舍难分了？我总记得我第一次走进他的诊所，他就那样从容不迫地、安详地坐在那儿，像是我的保护神。以后，我们四个总在一块儿玩，他永远扮演不同的角色：我的救命者、我的倾听者、我的安慰者、我的陪伴者……啊，阿紫，你想想看，假若有个男人，在你生命中能扮演这么几种角色，你还能不爱上他吗？你能吗？"

慕唐不能抑制自己的感动，他用崭新的眼光凝视冰儿。冰儿啊，你真让我心醉！阿紫听傻了。她再度看看冰儿，又看看慕唐。

"这就是冰儿！"她忽然说，"慕唐，我对你说过，冰儿的生命是轰轰烈烈的，你听她说的就知道，她再度爱得轰轰烈烈，慕唐啊，你要把冰儿抓得牢牢的，保护得好好的，不要让她再受伤。同时，小心啊！也不要让你自己受伤……"

"阿紫，你放心！"冰儿笑了，"慕唐是医生，他会防止我受伤的。何况，他和徐世楚不同，他太善良了，他根本不会伤害我……"她转向慕唐，认真地问："你会伤害我吗？"

"很可能会。"慕唐诚实地回答，"坦白说，我还真怕我会伤害了你。"

"怎会呢？怎会呢？"冰儿急切地说，"你是看到一只小蚂蚁受伤，也会急急忙忙跑过去帮它裹伤口的！"

"瞧！"慕唐说，"就由于你这种本性，使我害怕我会伤害了你。你太一厢情愿地往好处去想，往你自己希望的方向去想。换言之，你美化你所看到的、你所接触到的一切。你也把我理想化了。冰儿，我只是一个人，凡是人，都有缺点。我怕……有一天，你发现我的缺点时，你就会受到伤害了！"

"不、不、不！"冰儿一迭声地说，大大地摇着头，"每个人的缺点与优点，并不是绝对的。你的缺点，对别人说，可能是缺点，对我来说，可能刚好是优点，人与人彼此吸引，不见得都是被对方的优点吸引，有时，很可能是被对方的缺点吸引。当你被对方的缺点吸引时,那项缺点,就变成优点了。"她深深注视他,压低了声音,诚挚地说,"放心,我不会被你的缺点伤害,真的!倒是你……"她有些犹豫,"会被我的缺点伤害吗?"

"你?"慕唐睁大了眼睛,笑着问,"居然有——缺点吗?"他打量着她,点了点头,"嗯,"他煞有介事地说,"嘴唇边上少了一颗美人痣,就缺这么一点!"

"哇!"冰儿大笑,几乎滚到阿紫怀里去。她用手拉着阿紫,笑着嚷,"你看!这个人平常正经八百的,说起笑话来还真幽默!"

阿紫看看冰儿,又看看慕唐,看来看去的。忽然,她提议说:"你们何不去公证结婚算了!"

冰儿愣了愣,看着阿紫。

"结婚。"她嘟囔着,"太早了吧!"

"一点也不早,"阿紫兴致来了,热烈地说,"你们既然能在三天之内,爱得深深切切,把缺点都变成优点!你们就能闪电结婚!你们结婚,我负责找证人,其实,证人也不必找了,我和朱珠来当吧!一个阿紫,一个阿朱,正好当你们的结婚证人!怎样?闪电结婚有诸多优点,最大的一项,是避免——夜长梦多!"

慕唐心头一凛,注视阿紫,感到她的话颇有道理,不禁怦然心动。他再看冰儿,笑着说:"很不错的提议,你觉得呢?"

冰儿怔了怔,面色有些迟疑,她凝视慕唐,犹豫地问:"你是认真的吗?!"

"当然。"

"可是……可是……"冰儿不安地沉吟了一会儿,"你连结婚这种大事,都不需要经过你父母的同意吗?"

"结婚,是我个人的事。"李慕唐由衷地说,"我父母同意与不同意,我都会照我个人的意愿去做。可是,在礼貌上,你当然应该先跟我回台中,去让我父母认识认识,我也应该跟你回高雄……"

"哦哦,"冰儿率直地打断了他,"这就是我所不能忍受的事!"她忽然有些烦躁、有些忧愁起来,"我就是不能忍受这些世俗的事,属于婚姻的许多事,都让我受不了!包括要拜见双方的亲友,要认识一些新的人,要举行仪式……甚至婚后的柴米油盐、生儿育女!哦……"她脸上的笑容完全隐去了,一片阴霾悄悄地袭过来,罩住了那对晶亮的眸子。她看来娇嫩怯弱,茫然无助。"你看,"她低低地说,"这就是我的缺点!我想,徐世楚有句话是讲对了,我还没有长大!"

哦哦,这种时刻,是不能让徐世楚的阴影遮进来的,这种时刻,是不允许任何阴影遮进来的!李慕唐慌忙扑过身子去,把手安慰地、温柔地盖在她的手背上。

"听着!冰儿。"他恳切地盯着她,"我完全了解你所害怕的那些东西,那些,并不是只有你一个人怕,很多人都会怕。冰儿，在你的心理准备没有完成以前，我再也不和你谈婚姻。我之所以赞成阿紫的提议，只是要告诉你，我的决心和感情。不管怎样，在我这方面，我是义无反顾了。"

"但是……但是……"冰儿结舌地、焦灼地、不安地说，"你会等我吗？等我长大？等我做好心理准备？"

"是！"他更加恳切与温柔了，"不过，也不要让我等得太久。"

"多久算太久？"

"例如一百年、两百年的。"李慕唐笑了，"人的寿命没有那么长。只有文学家会用'天长地久'这种句子，我不跟你说天长地久，因为，那时候我们都已经变成了泥土，我不相信泥土和泥土还会谈恋爱！"

冰儿脸色一亮，阴霾尽去。她大笑起来。

"慕唐，我发现你这人，是很会说话的。而且，你的反应好敏锐，思想好深刻。说真的，慕唐，你会不会觉得我很肤浅呢？"

"肤浅？你怎会用这两个字呢？"

"因为，我对自己，毫无自信。"

"钻石从不知道自己在发亮！"

"啊呀！"阿紫终于忍无可忍地叫了起来："我觉得我在这儿有点多余！听这种谈话会让我有自卑感！我看，我提前告退好吗？"

"不许不许!"冰儿抓住了她,笑着,"好不容易,我们又这么开心了,你怎能走?"

"那么,"阿紫笑嘻嘻地转向慕唐,眼睛里盛满了赞许与欢迎。直到此刻,她似乎才接受了慕唐爱冰儿的这个事实,"你也说一点好听的给我听好吗?她是钻石,我是什么?"

"你也是钻石。"

"碎钻?"阿紫挑着眉毛问,"为了镶嵌钻石用的?为了陪衬钻石用的?"

"哦呀!"慕唐叫了起来,"我投降了,我提议,我们去看场电影好吗?我现在才知道,两个女人加起来的唇枪舌剑,足以把人五马分尸。"他站了起来,"走吧!到电影街去逛逛!"

两个女生都笑了。一份和谐的、欢愉的气氛,在三人间弥漫开来。那天,大家都很开心,他们去逛了街,两位女士都买了些穿的戴的,然后,又看了一场电影《阿玛迪斯》。冰儿对电影非常入迷,看完了,还不住地叹着气,悼念着电影里的莫扎特,说:"世界上所有的天才,都被庸才谋杀了!"

李慕唐惊愕地看着冰儿,对她那敏锐透彻的"领悟力"由衷佩服,他不禁更深切更深切地爱着冰儿了。

看完电影,天色已晚,他们又在外面吃了一顿简单的晚餐,由于中午吃得太饱,大家的胃口都不大,叫了三碗牛肉面就解决了。晚饭后,冰儿一手挽着慕唐,一手挽着阿紫,诚恳地说:"今晚,我们一定要到女生宿舍去,把那间'宿舍'里的气氛,转回成一个'家'。"

阿紫不知道"宿舍"和"家"的典故,却在冰儿的温柔下,慕唐的微笑下,高高兴兴地同意了。

当然,那时候,他们谁也没料到,那"家"里面,等待着他们的是什么。进了白云大厦,上了四楼,是阿紫拿出钥匙,打开大门的。门一开,屋外的三个人都怔住了。

屋内,一片花海。花,把什么都盖住了。地毯上放着一盆一盆的花,桌上,插着一瓶一瓶的花,天花板上,吊着一篮一篮的花,墙壁上,贴着一朵一朵的花,窗帘上,挂着一串一串的花……什么都是花,这还没什么了不起,这些花分别有玫瑰、月季、姜花、百合、绣线菊、君子兰……各种品种的花,但是,每一朵都是桃红色的!

在那些花堆中,站着的是徐世楚,他正拿着一罐喷漆,把一盆马蹄莲喷成桃红色,原来,那些桃红色的花,都是这样出来的。他自己光着胳膊,穿着件白色的背心,背心前面,用桃红色喷漆喷了"我是罪人"四个字,背心后面,用喷漆喷了"请原谅我"四个字。

听到房门响,这位"罪人"飞快地抬起头来,大声叫着:

"哇!原来你们三个人在一起,怎么这么晚才回来?

我下午打电话来,左打也没人接,右打也没人接,我只好自己过来等你们,一面等,一面就弄一点儿室内设计。谁知道,你们三个谁也不回来,我已经弄了整个下午了!"他弯下腰,把地毯上的花盆左推右推,清出了一条"走道",他就笑着弯腰说:"各位请进!"

冰儿和阿紫面面相觑,一声不响地走了进去。

李慕唐的情绪,一时间十分复杂。对室内的花海,他有些啼笑皆非的感觉,对面前那个"罪人",他有点嫉妒,因为他有这间幻想屋的钥匙。他又有点同情,有点戒备,还有点"犯罪感"。可是,他却不能不面对这室内的一切,于是,他也走进去了。大门合上,室内充塞着花香,和喷漆的味道。

徐世楚很忙,他放下了喷漆,转身就往浴室走。一会儿以后,他从浴室中端出一个大水盆,水盆中有几乎满盆的水,水面漂着一朵一朵的玫瑰花,全是标准的桃红色。他就双手捧着这盆玫瑰,站在冰儿面前,赔着一脸的笑,说:

"原谅我!否则,我就把这盆'玫瑰夺魂汤'喝下去!顺便告诉你,真的买不着桃红色的玫瑰,这盆子里面,是我用白玫瑰喷漆的!所以,喝下去大概……"他笑着,"大概真的会一命呜呼。"冰儿僵在那儿,脸上的表情瞬息万变。这种场合,显然让她有点儿不知所措。阿紫及时走上去解围了,她一伸手,就接过了徐世楚手中的水盆,她把水盆端到浴室,倒进马桶里,连花瓣带油漆,都被她哗啦啦地冲掉了。折回到客厅里来,阿紫正色说:"徐世楚,别再玩这种小孩的玩意儿,大家都老大不小了,你愿不愿意坐下来,我们四个人好好谈谈!"

"好啊!"徐世楚仍然在笑,眼光盯着冰儿,"可是,冰儿,你原谅我了吗?"

冰儿的眼光无法直视他,她低下头去,一地的花朵使她又慌忙转换视线,墙上也是花,她再转头,桌上也是花,窗上也是花。"你……"她喃喃地说,"是个疯子!"

"是啊!"徐世楚接口,"你总不能生一个疯子的气,对不对?"

冰儿脸色更加尴尬,李慕唐觉得自己不能不挺身而出了,他走上前去,挽住冰儿的腰,清晰地说:

"我想,冰儿早就原谅你了!"

徐世楚眉头一松,唇边立即绽开了一个毫无心机的笑。他伸出手去,热情地、用力地拍着李慕唐的肩膀,大声地、快活地、豪放地说:"慕唐,谢谢你,好朋友的用处就在这种地方!你一定在冰儿面前讲了我许多好话,否则,冰儿怎么会这么容易就原谅我!"他笑嘻嘻地伸手去拉冰儿的手,"冰儿,这几天,真漫长得像几千几万个世纪!我不只对不起你,我还对不起阿紫……"他对阿紫深深一鞠躬,"总之,我是疯子,请各位多多包涵!慕唐,改天我到你诊所去,你开点药给我吃,治治我的疯病，免得我总是犯错……"他发现冰儿退后了两步，就逼过去，伸出双臂，预备给冰儿一个大大的拥抱，"冰儿，不要拒人于千里之远，不要板起你那张漂亮的脸孔！来……"他扑过去。冰儿往旁边一闪，脚下被花盆一绊，差点摔一大跤，慕唐伸出手去，冰儿就趁势偎进了李慕唐的怀里。

"徐世楚，你坐下来，我们有话要谈！"阿紫喊着，有点焦急。

"世楚，"李慕唐拥紧了冰儿，急促地接口，"请不要激动，我也有话跟你说……"

"哦？"徐世楚有点怀疑了，他站住了，凝视冰儿。"冰儿！"他柔声呼唤，"你怎么不说话呢？你今天请了很多代言人吗？"

冰儿把头埋向慕唐的怀里。

"慕唐，"冰儿低语，"你告诉他吧！"

"喂！冰儿！"徐世楚的脸发白了，他大声叫着，"你有什么话，你自己对我说，不必要别人转达，我们之间，用不着第三者传话！"

冰儿终于抬起头来，背脊也挺直了。"你不是说，我们之间已经结束了吗？"她说，眼睛深幽幽地闪着光，"你不是说，我是个长不大的孩子吗？"

"哦，那个话呀！"徐世楚耸耸肩，"那是疯子说的！我刚刚不是已经解释过了吗？一个犯了罪的疯子说的,那种话你怎能认真?你以前也跟我说过结束了,难道我们就真的结束了?吵架的时候,大家都是口不择言的……"

"可是,"冰儿的声音低而清晰,"你……来晚了,太晚了。"

"什么意思?"徐世楚的脸色更白了。

冰儿偎进了李慕唐的怀里,把面颊几乎藏进慕唐的肩头,她悄语着:"慕唐,还是你跟他说吧!"

李慕唐不由自主地挽紧了冰儿,直视着徐世楚,他清楚地、一个字一个字地说:"徐世楚,我和冰儿恋爱了!"

室内安静了几秒钟,冰儿更紧地偎向李慕唐,她的身子在微微颤抖着。徐世楚的目光,直勾勾地落在李慕唐脸上了。

"假的!"他说。

"真的!"慕唐说。

"假的!"

"真的!"

徐世楚重重地呼吸,胸腔剧烈地起伏着,他死死地盯着李慕唐和冰儿,嘴里却叫:

"阿紫!"

"唉!"阿紫本能地应着。

"你说,这是怎么回事?"

"哦,"阿紫咽了一下口水,"我想,他们是真的。"她困难而艰涩地说,"他们是……很认真很认真地恋爱了!"

"恋爱?"徐世楚打鼻子里哼着,"在三天以内?恋爱原来如此容易啊!"

"你应该比我更了解恋爱有多么容易……"冰儿轻哼着说。

徐世楚忽然一个箭步,走上前去,就伸手要抓冰儿的肩膀,李慕唐看他来势汹汹,慌忙拦在前面,一把握住了徐世楚的手,大声地说:"你不许碰她!以前,她是你的女友,你要怎样我管不着,现在,她是我的女友,请你对她保持距离和尊敬!我知道这事情听起来荒唐,对你也是个意外和打击,但是,每个人都必须面对已经发生的事实。徐世楚,我抱歉,我必须很坦白地告诉你,我爱冰儿胜于一切……"

"伟大!"徐世楚打断了他,大吼着,声如洪钟,连天花板都震动了,"这是什么时代?三天以内,爱人背叛你!朋友欺骗你!这是什么时代!"他提起脚来,用力对面前的花盆一踢,一连串的花盆乒乒乓乓地倒了下去,他开始在房间里乱跳,像个负伤的野兽,每跳一下,就踩碎一个花盆,因此,是跳得铿然有声的。然后,他停在墙边,越来越愤怒,他握着拳,狠狠地对墙上捶下去,桃红色的花瓣纷纷下坠……像一片花雨。他不住地、不停地捶着墙,花瓣就不住地、不停地飘坠下来。但是,玫瑰花梗上多刺,只一会儿,他的拳头已沁出血迹来。

冰儿悄眼看过去,不禁失声叫了出来:"你出血了!不要捶了!"

徐世楚倏然回头,眼睛里充着血,脸颊涨得通红,他一直问到冰儿脸上去:"你心痛吗?我出血你会心痛吗?你敢说你已经变了心?你敢说你不再爱我吗?"

冰儿慌张后退,又躲进李慕唐怀里去了。

"徐世楚!"阿紫跑过来,用力拉住了徐世楚,"徐世楚!"她大声喊着,"男子汉大丈夫,应该提得起,放得下啊!"

徐世楚站住了,他凝视着阿紫。好半天,不动也不说话。

"阿紫,"他终于开了口,低沉地哼着,像只斗败了的公鸡,"连你也这么说了吗?连你也这么说了!那么,我是真的失去冰儿了?"说完,他垂着头,拖着脚步,沉重地、沮丧地、一步一步地走向门口,拉开门,他走出去了。

屋内的三个人,对着一屋子的花海,谁都说不出话来了。

第十章

这一夜,李慕唐是在"幻想屋"的沙发上睡的。

事情的经过是这样。当徐世楚走了以后,他就一直留在冰儿那边,帮两个女孩子清理那花海的残局。把花盆搬到阳台上去,把墙上的花一朵朵摘下,把窗帘上、天花板上、吊灯上的花串取下来,再把桌上铺成英文字LOVE 的花朵全部清除……这工作做起来并不慢,"破坏"一向要比"建设"容易得多。但,在做这些工作的时候,不知道为了什么,三个人都非常安静,谁也不开口,好像一开口就会说错话似的。

大约一点左右,电话铃蓦然狂鸣,使三个人都惊跳起来。阿紫看了冰儿一眼,冰儿正埋头在沙发上,不知道在干什么,大约在找有没有残留的大头钉。电话铃使她震动了一下,她却不去接电话,于是,阿紫只好去接了。

"喂,徐世楚,"阿紫轻声地说,"拜托拜托,别再打扰我们了,我们要睡觉了!"对方不知道说了些什么,阿紫无可奈何地回过头来,对冰儿说,"冰儿!你的电话,你自己来处理!"

冰儿犹疑了一下,不想去接。

"冰儿,"李慕唐开口了,"你无法躲他一辈子,总之,你要面对他的。"

冰儿过去了,拿起了听筒,她只"喂"了一声,就沉默了,只是拿着听筒听着,听着听着,她的脸色就变了,眼珠深沉而湿润了起来,嘴唇微微地颤抖着。然后,她很快地就挂掉了电话,把头扑在电话机上。

"怎么了?他侮辱你吗?"李慕唐关心地问,走过去,他扶起冰儿的头,这才发现她满面泪痕。李慕唐吃了一惊,慌忙用化妆纸帮她拭着,一面急急地问:"他骂你了?他说了很难听的话,是不是?"冰儿摇摇头,还来不及说什么,电话铃又响了,冰儿拿起听筒,只听了两秒钟,就再度挂断。她低下头去,泪珠成串地滚落在衣襟上,她拿着一沓化妆纸,紧紧地捂住自己的嘴,防止自己痛哭失声。但是,泪珠却不听使唤地、疯狂地奔流在脸上。这种情况,绞痛了李慕唐的神经,使他的五脏六腑,都跟着痛楚起来,他坐在冰儿面前,用双手紧握着她的双臂,焦灼地说:"为什么不跟他说话呢?为什么不简单地告诉他,你不再听他的电话?"冰儿摇头,只是一个劲儿地摇头。

电话铃又响了,这次,李慕唐不等冰儿伸手,就飞快地拿起了听筒。他正想对听筒说点什么,却听到对面传来叮叮当当的音乐声,和清脆悦耳的歌声,这歌声不是别人的,而是冰儿的!她正温柔地、充满感情地唱着:

就这样陪着你走遍天之涯,
踏碎了万重山有你才有家,
就这样陪着你走遍天之涯,
踏破了岁与月黑发变白发……

他愕然地看她,冰儿终于哭起来了,她一面哭,一面抽噎着说:"是录音带,那时,大家那么要好,我用卡拉OK录给他的!他就一直在电话里放录音带……"

阿紫走过来了,她拔掉了电话的插头,说:

"这样就好了,别再受他的电话骚扰,大家都早点睡觉吧!好不好?"

电话铃终于不响了。李慕唐注视着冰儿,一时之间,心里竟像打翻了调味瓶,简直不知道是什么滋味。冰儿坐在那儿哭,眼泪不是为他流。他沉吟地坐着,连一句安慰的话都说不出口,抬起眼,他下意识地看着窗子,窗子上,还有一瓶桃红色的马蹄莲,天下居然有桃红色的马蹄莲,他突然觉得自己痛恨起桃红色来。

"慕唐,"阿紫拍了拍他的肩,解人地说,"你要给冰儿时间,感情的事,毕竟不像电灯开关,说开就开,说关就关。冰儿和徐世楚交往已久,共有的回忆实在太多,如今一下子砍断,总有伤口,总会疼痛。你是医生,应该很了解的,对不对?"

他是笨医生,他想。即使了解,也觉嫉妒。

"冰儿,"阿紫又去拍冰儿的肩,"别哭了。徐世楚这种发疯的情形,你又不是第一次看到,应该早就有心理准备才对。你让他发几天疯,根本不要去理他,我保证,没多久他就会收兵了。好了,冰儿,你应该早就坚定了自己的立场,别哭了!"冰儿仍然在哭。慕唐仍然无话可说。阿紫似乎也技穷了。室内安静了好一会儿,房间里静悄悄的,只有冰儿在压抑地抽噎着。李慕唐终于站起身子,说:

"我走了,你们早些睡吧!"

阿紫吃惊似的抬起头来,忽然大声叫:

"冰儿!你还哭什么哭!你再哭慕唐就生气了!哪有一个女孩子,在新男友面前为旧男友哭?你让慕唐置身何地?"

慕唐惊异地看阿紫,多么善解人意的女孩!她把他的心事,全叫出来了。冰儿蓦地被唤醒了,她抬头惶恐地看着慕唐,接着,她就跳起身子,直奔过来,飞快地

111

投进了慕唐的怀里,她把满是泪痕的脸孔埋在慕唐肩上,辗转地摇着脑袋,双手紧紧地环住慕唐的腰,不住口地说:

"慕唐,你不要跟我生气,请你,请你不要跟我生气!我哭,实在是忍不住,我不知道自己是怎么回事,你千万不要生气……如果连你也跟我生气,我真……真是活不成了!"

他用手抚摸她那短短的头发,深吸了口气,他说:

"哭吧!冰儿。你生来多情,如果你对这么长久的一段情不追悼、不掉泪,你就太寡情了。我了解的,冰儿,你哭吧,我不会生气。只是很心痛,看你流泪,不管为了什么,我一定心痛,因为——"他很碍口地说,"我是这么深切地爱你!"

她的手臂在他腰上一紧,她的脸在他肩头埋得更深了,她呜咽着说:"你这样说,我更要哭了!呜……"她哭着,把他肩上的衣服弄得湿漉漉的,"慕唐,我是这样一个爱哭的、不实际的、长不大的小女孩,实在不值得你对我这么好,假若有一天,我做了对不起你的事……"

他的背脊一挺,寒意兜心而起。

"为什么要说这种话?"他打断了她,"你今晚太累了,你的情绪太激动了……"

"可是,"她固执地说,"我很坏,是不是?我觉得我很坏,也很可怕。你瞧,我让徐世楚痛苦,我也让你痛苦，我……弄得自己也很痛苦……"

"冰儿，"他柔声唤，"去洗个澡，睡一觉，明天又是新的一天，什么都会好转的！"

她的头从他肩上抬了起来，她的眼睛已经哭肿了，脸颊都被泪水洗得亮亮的。她深深地注视他，担忧地说：

"你——确定你没生我的气吗？"

"我确定。"

她再看了他两秒钟。"好，"她说，"我听你的话，去洗澡睡觉。明天是星期天，你一早就过来，好不好？我……我……"她嗫嚅着，"我有些怕那个疯子会跑来……"

他推开冰儿，走回沙发。"你们去洗澡睡觉，"他说，"我睡沙发。"

阿紫笑着走了过来。"慕唐，你不能永远睡我家的沙发，对不对？"她说，"如果冰儿的感情，要依赖你睡沙发来稳定的话，也未免太累人了！"她推着李慕唐，"去吧，你回去！这样大家才能睡得好！"

冰儿想了想，叹口气，她也推着他：

"是的，你不能天天守着我呀！如果有事，也需要我自己面对！你去吧！放心！徐世楚不会再把我拐走了！你去吧！"

可是，他不能走。他想着那疯疯癫癫的徐世楚，想着那哭哭啼啼的冰儿，想着柔弱善良的阿紫，他不能走。

叹口气,他坚定地说:"你们就让我今晚睡一夜沙发吧,睡在这儿,我比较安心,否则,我怎么睡得着!"于是,两个女孩子不再坚持了,她们为他捧来了棉被、枕头,又把两张单人沙发也拼过来,为他布置了一张床。阿紫先回房去睡了,两个女孩各有各的卧房。冰儿还在沙发前腻了好一会儿。她不哭了,吻着李慕唐的额头,她低语:

"我爱你。"他的心脏狂跳,不能不伸出手去,把她整个人拉入怀中,狂热而猛烈地吻她,在她耳畔不停地说:

"要拿出勇气,冰儿,要下定决心,冰儿,要衡量你内心深处,感情的比重。"

"我不用衡量。"她低语,"我整个身心都偏向你。我只是觉得自己变得太快了,如此善变,使我自己都害怕。不过,换言之,"她瞅着他,深思地说,"责任在你,是不是?"

"在我?"

"是啊,你如此优秀,如此稳重,如此体贴,如此温柔,如此博学,又如此多情……你像一块大磁铁,把我牢牢地、强而有力地吸过去。所以,不是我善变,是我不该遇到你!"

啊!冰儿啊!你真让我心醉!

"我没有你说的百分之一好!"他说,"冰儿,千万别把你的幻想遮盖在我身上,那是好危险的事。许多人都会爱上某个人,就爱得如疯如狂,结果,是爱上了自己的幻想。"

"徐世楚。"她低语。

"哦?"他不解地。

"我知道了,"她忽然恍然大悟地说,"这些年来,我大概根本没爱过徐世楚,他是我的幻想。他一直会去做一些我幻想中的事,浪漫的、不切实际的、孩子气的甚至疯狂的事……于是,我就昏昏沉沉地爱上他了。现在想来,我爱的是他所做的那些事,并不是他本人!对于他本人……对于他本人……"她深思着,沉默了片刻,终于坚定地抬起头,眼睛闪烁地发着光彩,"瞧!我对于他本人,根本一点了解都没有!"

"是吗?"李慕唐问,握紧了冰儿的手。

"是。"她仔细想着,面孔真挚而坦白,"我不了解他的工作,不了解他的思想,不了解他交的朋友,不了解他的家庭,甚至,不了解他的个性。最可怕的是,在今晚以前,我甚至没想过,应该去寻求彼此的了解,我只是跟着他,做一些疯狂而幼稚的事……"她叹了口长长的气,正视他,"我懂了,我终于懂了。"

"真懂了吗?"他深沉地看她。

"就算不是完全懂,也懂了一部分。"她微笑了起来,好珍贵的微笑,"你对我要有耐心,慢慢地'教育'我,嗯?"站起身来,她再说,"睡一下吧,天都快亮了,明天,我们再继续讨论!"一转身,她回房间去了。

但是,他躺在沙发上面,却彻夜失眠了。睁着眼睛,他眼睁睁地看着窗子发白,心里一直萦绕着冰儿、徐世楚,还有阿紫的影子,脑子里一直回荡着他们的声音,冰儿说:

"……他安详地坐在那儿,像我的保护神……他永远扮演不同的角色:我的救命者,我的倾听者,我的安慰者,我的陪伴者,假若有个男人,在你生命中能扮演这么几种角色,你还能不爱上他吗?……"徐世楚说:"这是什么时代?三天以内,爱人背叛你,朋友欺骗你,这是什么时代?"而阿紫,她在深刻地叮咛着:"慕唐啊,你要把冰儿抓得牢牢的,保护得好好的,不要让她再受伤。同时,小心啊,也不要让你自己受伤……"

然后,又是冰儿的声音:

"……你是一大片草原,绿油油的,广大、平实,而充满了生机。……当我在天空飘得快掉下来了,我就直奔向你这片草原……"

接着,又是徐世楚的声音:

"好朋友的用处就在这种地方!你一定在冰儿面前讲了我许多好话,否则冰儿怎么会这么容易就原谅我……"

阿紫的声音:"你难道不知道,冰儿和徐世楚只是闹别扭,他们三天以后就会讲和,那时候,你这个笨蛋要如何自处……"

他的头发晕,背脊上冒着冷汗,那三个人的声音,此起彼落地在他耳中喧嚷着,嚷得他神思恍惚,心情凌乱。到天快亮的时候,他恍恍惚惚地睡着了。梦中,徐世楚全身披挂着桃红色的羽毛,像只桃红色的大鸟,飞到他面前来,笑嘻嘻地说:"冰儿喜欢桃红色,你瞧,我把天上的白云,都漆成桃红色了!"他看过去,满天空都飘着桃红色的云,一朵一朵,一层一层,桃红色的云海。然后,冰儿来了,她的短发也染成桃红色了,她的衣服也染成桃红色了,连皮肤都是桃红色了。她还骑着一匹桃红色的骏马,她策马飞奔而来,扬着一连串清脆的笑声,对他嚷着:"我刚刚跑过了一片绿色的大草原,现在,我要到桃红色的云上去飘一飘了!"她才说完,徐世楚那只桃红色的大鸟,就扑扑翅膀,伸出一只像老鹰般的脚爪,把冰儿抓在脚下,直飞上天空,腾着桃红色的云,飘向漫漫无际的天边去了。他大急,伸手狂叫着:"冰儿!下来!冰儿!别走!冰儿……"

他被自己的声音叫醒了,同时,感到有一双温软的小手,在不住地摇撼着他,喊着说:

"慕唐!慕唐!你怎么了?你做噩梦了吗?"

他倏然惊醒,天色已经大亮了。他张大眼睛,冰儿正穿着件白色的睡袍,好端端地站在他面前,对着他微笑。她那白皙柔软的手,正安抚地抚摸着他的面颊。

"哦！冰儿！"他吐出一口长气来。

"你梦到什么了？一直大叫冰儿冰儿的？"阿紫走到厨房去烧开水，只有她，已经梳洗过后，换上整齐的衣服了。

"我梦到……"他有些不好意思起来，一清早，说什么隔夜的噩梦呢，他笑笑说，"没什么。"伸了个懒腰，他才发现这沙发上睡得真不舒服，脊椎骨都梗得发痛了。他伸手到腰底下去摸索，果然有个东西卡在沙发缝里，他把它掏了出来。两个女孩都伸长脖子，看他又掏又拉又扯的，终于，他拖出一件东西来；一只桃红色的玩具长颈鹿，鹿脖子上，挂着块木牌，牌子正面，写着：

"我是罪人"。

牌子反面，写着：

"请原谅我！"

李慕唐像被毒蝎子蜇到手指一般，慌忙把那玩具摔开，玩具呈一个抛物线落出去，掉到房角一大堆桃红色花瓣中去了。那些花瓣，是他们昨夜清扫成堆，还来不及丢掉的。

"真是阴魂不散！"李慕唐脱口而出地说了一句话。

"大概是不大容易散！"阿紫从落地长窗前回过身子来，安安静静地说，"因为，那疯子正站在窗子外面呢！"

冰儿和慕唐都冲到窗口去看。

果然，徐世楚正从容不迫地，站在对面的一根电线杆前，身子靠着电线杆，手里提着一包东西，不知道是什么，他好像在"胸有成竹"地等待着。这还没什么，最引人注目的，是停在他身边的那辆"野马"，那辆车本是米色的，现在，居然被漆成了桃红色！李慕唐下意识地抬头看看天空。

"你在看什么？"冰儿问。

"云。"

"云？"

他笑着低下头来，握紧冰儿的手。现在，那只手又变得冷冷的、战抖的了。"听我说，冰儿。"他热烈地开了口，"徐世楚虽然很有本事，他毕竟无法把白云染成桃红色！"

"哦！"冰儿听不懂。

"只要有澄净的天空，就不怕你被抓进变色的云层中去。"他自顾自地说着，低下头，注视着冰儿，"冰儿，我想，我们要有极漫长的一天了！"

"我想，"阿紫大声地说，她一直在跑出跑进地忙着，现在，她端了一大锅粥，放在餐桌上，"你们大家都需要好好地吃一顿，来应付这漫长的一天。来！吃饭吧！"她摆下四双碗筷。

慕唐惊愕地看着，问："你要干吗？"

"下楼请那个疯子上楼来吃饭！"阿紫镇静地说，"这是一场公平的竞争，我不希望有任何人饿着肚子作战！何况，楼下那个人，不论和冰儿间有什么过节，他总之是我们大家的好朋友！半年多以来，我们一起玩过，一起疯过，一起笑过……我不能让这样一个朋友，站在楼下饿肚子！又何况，即使我愿意让他饿肚子，他也照样会上来的！"

她真的跑下楼去了。

第十一章

徐世楚走进来了。他穿了件整洁的白衬衫、黑长裤，身上没有什么"罪人""原谅"等字样。他的头发似乎才洗过，蓬松而清爽。面颊上，胡子刮得干干净净，眼睛是炯炯有神的。他浑身上下，丝毫看不出有"失恋"或"失眠"的痕迹。大踏步走进来，他神清气爽，精神饱满。"各位早！"他笑嘻嘻地说，好像他们四个人之间，什么事情都没发生过，"我给你们带了些烧饼油条来！还有冰儿最爱吃的糯米饭团。"原来，他手里还拎着一包吃的呢！早知道他有吃的，李慕唐想，阿紫大可不必下楼请他上来吃饭。可是，当慕唐看到他带的分量时，他知道，请不请他上来都一样，反正他是一定会上来吃早饭的！

"慕唐，"徐世楚拉开椅子，坐了下来，伸长了腿，正对着李慕唐,"我要特别向你道歉。"他说,仍然笑嘻嘻的,和昨晚的"狼狈"完全判若两人。他看来温文尔雅,落落大方,"昨晚我有些精神失常,说了些莫名其妙的话,请你不要把它放在心上。事实上,我这人最重视友谊,你一天做了我的朋友,永远都是我的朋友。"

"很高兴听到你这么说。"李慕唐接口,正视着徐世楚,心中有点迷糊,这男人说变就变,实在有些奇怪!不过,对方既然如此"有风度",他当然也该表现得大方一些,"其实,该抱歉的是我。君子不夺人所爱,我应该多多保持距离……"

"不用解释!"徐世楚打断了他,一本正经地说,"我们别谈什么君子不君子的,在爱情的战场上,从来没有君子!如果有人一定要当君子,他就注定是个失败者,注定是个懦夫!所以,我们把中国士大夫阶级那一套'伪君子'教条收起来。追女孩子,本来各凭本事!慕唐,"他点点头,"我对你很服气!"慕唐有点发愣,不知道这家伙讲的是真心话,还是违心之论。不过,看他的样子,却相当"诚恳"。

"徐世楚,"他说,"你的意思是,我们大家仍然是好朋友,绝不因为冰儿的转变而有所不同?"

"不同是一定不同了!"阿紫插嘴,看看慕唐,又看看徐世楚,"不过,只要你们之间不要剑拔弩张,我和冰儿的日子,就会好过一点。"

"放心！"徐世楚瞅了冰儿一眼。忽然说，"冰儿，你不要猛啃那个糯米团，我们不是约法三章，你只许吃半个的吗？你又忘了！待会儿胃痛怎么办？还好……"他从口袋里掏出一瓶消化药来，"我就猜到你会这样子，已经随身给你带药来了！"

慕唐看着，不自禁地微笑了一下，他开始有点了解这位徐世楚了。一伸手，他接过了那瓶胃药，看看标签，抬头再看着冰儿。"没关系，冰儿，你可以吃完那个糯米团。只要等会儿，我们出去散散步，稍微运动一下，让胃里的食物能够消化，至于这胃药嘛，是中和胃酸用的，你并没有胃酸过多，还是少吃为妙。"

"哦。"徐世楚开怀大笑，唏哩呼噜地喝起粥来，喝了一大碗，他才说，"慕唐，我忘了你是医生！你说的一定没错！好吧！"他放下碗来，注视慕唐，"看样子，我必须把冰儿移交给你了。"

"你不需要移交。"慕唐说，"冰儿是自己的主人，她可以随便走到任何地方去。"

徐世楚定定地看了慕唐几秒钟，他不笑了。

"李慕唐，你这人颇不简单。"他转了转眼珠，"好了，我认输了，反正，我不认输也不行，本来就输了。没关系，我们还是好朋友，我最奇怪的事，是有些夫妻离了婚，会变成仇人一样。好歹夫妻之间，都有最亲切的关系，怎么会反目成仇呢？"他叹了口气，注视着冰儿,"冰儿,今天有什么计划?上星期,你不是要我陪你回高雄看母亲吗?今天还去不去?我的车已经洗过,加满了油,也保养过了,还……"他笑嘻嘻地,"喷漆过了。怎样?我送你们两位女生回高雄,慕唐如果没事,我们大家一起去吧!"

冰儿自从徐世楚进门,脸色就有些阴晴不定,举止也相当失常。首先,是埋着头啃掉一个糯米团,不笑,也不说话。现在,是把一个烧饼扯成一片一片的,撒了满桌子芝麻和饼屑。她就用手指拨弄着那些芝麻,把它们聚拢,又把它们推散。听到徐世楚的问话,她怔了怔,张着嘴,有些不知所措,慕唐立刻说:"冰儿今天不回高雄,我们有一些私人计划,吃完饭,我们就要出去了。"

徐世楚愣了一下。"私人计划是什么?"他率直地问。

"私人计划的意思是——"他也率直地回答,"是属于我和冰儿两人间的计划,换言之,碍难奉告。"

徐世楚靠进椅子里去,凝视李慕唐。

"慕唐,"他沉着气说,"你有些不上道。"

"哦?"

"我说过,我们还是朋友,对不对?你把我和阿紫排除在外是什么意思?……"

"我不在乎被排除在外,"阿紫慌忙说,"希望你们不要把我卷进战争里去!"

"不是大家都停火了吗?"徐世楚说,"不是根本没有战争了吗？"

"是。"慕唐回答，"我希望是真正地停火了。"

"那么，"徐世楚看看冰儿，又看看李慕唐，"为什么不欢迎我参加你们的活动？"

"不是不欢迎，"李慕唐迎视着他的目光，"徐世楚，要我坦白说吗？"

"你说。"

"我对你心存戒备！"李慕唐由衷地说，"你是一个太强劲的对手，不论你的外形、你的作风、你的谈吐、你的机智……都令我甘拜下风。我和你这场战争里，我赢在你的疏忽，而不是你的实力。当你把你的实力展开的时候，我想，我很可能转胜为败。所以，徐世楚，我只有把冰儿带开，让她离你远远的！"

"说得好！李慕唐！"徐世楚深刻地看他，"我现在才有些了解你，你才是个强劲的对手！哈哈哈！"他突然仰天大笑，颇有点豪气干云的气势，"阿紫说得对！男子汉大丈夫，要提得起，放得下！好，你们爱干什么干什么，我不妨碍你们。阿紫，"他回头看阿紫，柔声说，"阿紫，我只能请求你陪我度过这个假日……"

"不，不。不！"阿紫立刻说，"对不起，我今天已另有安排，我有约会。"

徐世楚似乎又挨了一棒，他认真地看阿紫，问：

"你有约会？男朋友吗？"

"对!"阿紫坦然地说,"是个男孩子,还不能称为男朋友,刚开始交往!"

"哦!"徐世楚倒进椅子里,"我想,你们也有私人计划。"

"不错。"阿紫说。

"很好。"徐世楚憋着气说,"你们各位都去实行你们的私人计划吧,不用管我了。我留在这儿洗碗吧!"

"徐世楚,"阿紫叮嘱着,"你如果再破坏房间,胡乱喷漆,或者,制造一大堆垃圾,我们会生气的!"

徐世楚的笑容消失了,他的面容僵了僵,然后,他看着冰儿,一个字一个字地说:

"冰儿,曾几何时,往日共同制造的乐趣,现在已经变成了垃圾?我懂了,"他慢吞吞地站起身子来,"我是最大的一件垃圾,我先帮你们清理了吧!"他走向门口,又回过头来,"祝你们每个人的私人计划——圆满顺利!"

打开门,他走了。冰儿直到此时,才长长地透出一口气来。

这一天,李慕唐带着冰儿,开车出游了一整天。

他们沿着新开发好的滨海公路,经过蝙蝠洞、海滨浴场、石门、金山、野柳,一直沿海绕着,每到一个地方,他们就停下来玩。吹着海风,踏着沙滩,晒着太阳,看着海浪……海,是属于夏季的,海边都是人潮,海滨浴场尤其拥挤。他们没有带游泳衣,只是沿海逛着,享受着那种属于夏天和海滨的气息，那种气息是凉爽、欢乐，而自由的。

可是，这天的冰儿很沉默。

大约受了徐世楚的影响，她一直有点神不守舍，有点恍惚，还有点不安。每当他们停车，她都会四面看看，好像颇有隐忧似的。李慕唐问她：

"你在担心什么吗？"

"没有。"她立刻说，牵着他的手，和他并排走在沙滩上。

"冰儿，"他紧握着她的手，诚挚地说，"请不要为他太难过，因为当你为他难过的时候，我就会更加难过。"他注视着海面，决心转换话题，"喜欢海吗？"

她随着他的视线，望向那一望无垠的海。

"我想，绝大部分的人都喜欢海。"

"因为，现代人生活的范围都太小了，小小的公寓、小小的房间，人的喜怒哀乐，全在房间里发生。前两天，我看到报纸上攻击三厅电影不写实，我就觉得很好笑，三厅是太写实了，我们现代人，就生活在客厅、餐厅、咖啡厅里，如果再加一个办公厅，就更好了……"

"那篇文章大概是指现在的电影太干净了，"冰儿的兴致提了起来，"它们缺少的，是一张床。"

"哦？"李慕唐顿了顿，"真的吗？"

"我也不太清楚。有时候，我觉得写批评文章的人并

127

不一定要批评什么东西,而是要'批评'!"

"对极了!"慕唐接口,"这就是人性。骂别人一直是表现自己最好的方式。对了,"他想起被抛掉的主题,"海。海在于它好大好远好辽阔,当人被关闭得透不过气来的时候,会喜欢海。某些时候,海是相当具有'人性'的。"

"海具有人性吗?"她困惑地,"听不懂。"

"你看看它。"慕唐把冰儿拉到身前,双手扶着她的肩,让她面对着海,"它有时平静,有时凶猛,有时温柔,有时喧嚣,有时清澈见底,有时深沉莫测……最主要的,它一直在动,一直在变,看看那些小泡沫,一个接一个,此起彼落,你现在看到的,跟你两秒钟前看到的,已经不是同一个泡沫了!你见过更容易变的东西吗?人,也是这样。"

"可是,许多人的生命是不变的。像巷口那个欧巴桑,她帮人洗了一辈子衣服,现在洗衣机如此发达了,她还是在帮人洗衣服。"

"你看到的是,不变的生活,并非不变的人生。"慕唐挽住她,走向海滨浴场的贩卖部去,"事实上,即使是生活,也在变,只是你不知道而已。至于人的心态,实在和海一样,是变幻莫测的。"

冰儿停下脚步,仰视着他。她的面孔,又充满了光彩,眼里,也闪烁着阳光:"慕唐,我真搞不懂你,你是医生，为什么你会去研究海？去研究人性？而又会把这两样东西相提并论。"

"人都有联想力，这一点也不稀奇。"慕唐笑了，"读书的时候，我常和几个好朋友到海边来露营……一种逃避，从解剖室、细菌、病理学、人体构造……逃到海边上来，看着海，想着生命。"

"你那些好朋友呢？"

"变。"他说了一个字。

"变？"

"是啊！像海浪一样，大家都在变。有的出国了，有的改行了，有的结婚了，有的去大医院了，有的挂牌了……总之，大家都变了，而且，大家都很忙，偶尔，彼此通个电话，互相问问近况，就是最大的联系了。至于海滨露营，已经成为记忆中的一个小点而已。电话这玩意儿，缩短了人与人间的距离，也拉长了人与人间的距离。"

"对！"冰儿深表同意，"因为电话随时可以和对方谈话，见面的次数就一次比一次少了。我的同学们也是这样，大家只通电话，不见面。"

他们说着说着，已走到贩卖部前面，这儿挤满了游客，穿着泳衣，披着浴袍，裹着毛巾，都在买吃的喝的。慕唐问冰儿："想吃点什么吗？渴了吧？要香槟还是汽水？"

"她最爱吃霜淇淋!"一个声音忽然冒了出来,一个高大的人影遮在他们的前面,同时,有客蛋卷霜淇淋已经送到冰儿的鼻子前面来了。

"世楚!"冰儿倒退了两步,惊愕地抬头看着,"你跟踪我们!"她轻呼着。

"快!吃霜淇淋吧!"徐世楚说,"不吃都化了!慕唐,"他语气亲热而愉快,"我们两个喝汽水!"

慕唐不敢相信地看着徐世楚,真是阴魂不散!他心里想着。另一方面,心里又对他这种"跟踪精神"生出种很奇怪的反应,非常惊奇,非常烦恼,而又有些同情,有些佩服。

"冰儿!"他拍拍冰儿的肩,"吃吧!人家徐世楚好意买来的!"

"是啊!"徐世楚笑着,"我们到那边坐坐好吗?你们在太阳底下晒了大半天了!瞧,我租了一个太阳伞。来来来,一定要休息一下,否则,冰儿会头晕的!"

李慕唐啼笑皆非。冰儿已拿起了那个霜淇淋,就像早上闷着头吃糯米团一样,她开始闷着头吃霜淇淋,眼睛看着脚下的沙,头俯得低低的。李慕唐扶着她的腰,他们走到徐世楚租的帐篷底下。徐世楚忙着开汽水罐,递了一罐给李慕唐,嘴里笑嘻嘻地问:

"冰儿,要游泳吗?我车子里有你的游泳衣。"

冰儿慌忙摇头。李慕唐想起冰儿为什么一路上都东张西望，颇怀隐忧似的。原来：她已有预感，徐世楚会追来了！

"徐世楚！"他喝完了汽水，把罐子往垃圾箱一丢。抬起头来，盯着徐世楚说，"谢谢你的汽水和霜淇淋。我们要走了，希望你遵守诺言，不要来妨碍我们。这样一路跟踪，会造成我们很大的困扰。"

徐世楚那明亮的双眸立刻黯淡了下去，他不看慕唐，却看冰儿："冰儿，我妨碍你了吗？"

冰儿吃着霜淇淋，一句话也不说。

"世楚，请你不要为难冰儿。"慕唐说。

"好，"徐世楚抬起头来，注视着李慕唐，"你们走你们的！我走我的！我并没有跟踪任何人，只是眼看我的女朋友……不，说错了，"他一扬手，清脆地给了自己一耳光，"我'以前'的女朋友，在晒太阳，我于心不忍，想给她一把遮阳伞。眼看她渴得嘴唇干了，我于心不忍，想给她一杯霜淇淋。人！有的时候做的事，不是出于理智，而是出于感情！这叫——情不自禁。如果我对你们造成妨碍，请原谅！我绝对是无意的！"

听这种谈话，简直可怕！李慕唐一把拉住了冰儿：

"我们走吧！"冰儿被动地跟着他，往停车场走去。

他们一声不响地上了车，欢乐的气氛，又被徐世楚带走了。停车场上，那辆桃红色的野马离他们只有几步之遥，冰儿看看那辆车子，脸色更加不安了，眼神黯淡得像要滴出水来。李慕唐很快地发动了车子。一路上,他都在注意后视镜,看那辆桃红色小车有没有追踪而来。开了差不多半小时,他才确定徐世楚没有再度跟来。

可是,他一连两站都不敢停车,直到车子开到了野柳。他向后望,桃红色小车无踪无影。

"下来走走吧!"他说。

冰儿很顺从地下了车,跟着他走向野柳风景区。他揽着她的腰,竭力要鼓起她的兴致:

"快乐一点,冰儿。他是存心捣乱,我们最好不要受他的影响,好不好?"冰儿瞅了他一眼,勉强地笑了笑。

"好。"她微笑着说,抬头看看天,看看云,看看辽阔的海。"同样是海边,"她说,"气氛完全不一样!"

"刚刚是沙岸,现在是岩岸。"李慕唐说,"沙岸和岩岸的感觉是两种,沙岸平和,岩岸惊险。古人诗句中有'惊涛拍岸,卷起千堆雪'的句子,指的就是岩岸。你瞧,"他指着岩石下面,海浪汹涌飞卷,浪花是一连串飞溅、打碎的白色泡沫,"那就是'卷起千堆雪'。"

冰儿抬头看他。"你好博学。"她说。

"不。这是谁都念过的句子,只是不一定记得,大概中学课本里都有吧!我不博学,我是书呆子。我父亲一直叫我书呆子!"冰儿一眨也不眨地看他。

"你一点都不呆。"她说,"你学的,你都能用,你举一而能反三,你怎么会呆?"她叹了口气,"你实在比我想象的要聪明……"

"又来了，冰儿，"他轻飘飘地说，"别灌醉我！"

她笑了。终于笑了。她笑着往前跑去，在一个怪石的下面，有个小女孩在卖贝壳，她拉着他的手往前跑，高兴地嚷着说："我们去买贝壳！我好喜欢贝壳！你知道我收集贝壳吗？不收集大的，只收集小贝壳……"

她蓦地收住了脚步，瞪大了眼睛。

徐世楚从岩石后面绕了出来，他伸出手掌，掌心里躺着好几个小贝壳。他的面容，不再像早上那般乐观，也没有在海滨浴场那种神采，现在的他，非常苍白，头发被海风吹得乱七又八糟，耷拉在额头上。眼睛幽暗、深沉、悲哀，而带着种乞求的意味。他看起来，好狼狈，好孤独，好憔悴。

"贝壳，"他轻声说，小心翼翼地，似乎怕挨骂似的，"我帮你选好了，这些都是你没有的！你看看喜不喜欢？"

冰儿又开始往后退，慕唐挡住了她。

"天哪！"他听到冰儿在低低地叫，"我完了！我又完了！"

第十二章

事后,李慕唐回忆起这个日子,才发现冰儿说"我完了"那句话,实在是该他李慕唐来说的。

到底怎么会把局面弄得那么混沌,李慕唐也弄不清楚。只知道,自从"送贝壳"那晚开始,他们三个,就变成经常一起行动,一起出游了。主要是,冰儿狠不下心来,她总对李慕唐说:"你不觉得他很可怜吗?我们帮他度过这段时间吧,好吗?总之,大家将来也要做朋友的!"

于是,他们的许多活动,徐世楚都加入了。而且,徐世楚表现的态度,几乎是可圈可点的。他温文儒雅,彬彬有礼,笑脸迎人,而且是善解人意的。

李慕唐无法坚决反对徐世楚的加入,事实上,他也反对过。冰儿会垂着眼睑说:"慕唐,你有那么宽阔的心胸,那么豪放的气度,你为什么不能容纳一个失败的人呢?"

冰儿,我没有宽阔的心胸,我也没有豪放的气度,我看那小子十分不顺眼,我认为他构成我们间极大的威胁……这些话是说不出口的,在冰儿那澄澈的双眸下,这种"自私"的话是说不出口的。接下来的生活又非常忙碌,诊所里生意兴隆,这年头几乎人人会生病,看病像时髦玩意般流行。

有一天,冰儿下班后来到诊所,居然脱口说:

"我现在才知道电影院为什么生意清淡,原来客人都到医院里来了!"每天九点钟开始门诊,一直要忙到晚上十一点。李慕唐把自己最好的时间,都给了病人。他常常忙得连抽空打个电话的时间都没有。八月过去了,九月又过去了。李慕唐忽然发现,冰儿下班后不常到诊所里来了,她会打个电话过来说:"我知道你很忙,我不过来了,你下了班,到我这儿来坐坐吧!"当然,要冰儿每个晚上坐在诊所里,看那些病弱的老少妇孺穿出穿进,也是件很无聊的事。李慕唐完全能谅解冰儿不过来。可是,接连三四次,他都发现徐世楚坐在那"幻想屋"里,和冰儿谈天说地时,他就有些忍无可忍了。

事情爆发在九月底的一个深夜里。

李慕唐下了班,走进"幻想屋"时,已经是深夜十一点半钟了。徐世楚和冰儿双双挤在一张沙发上,阿紫和男友约会去了,居然尚未回家。阿紫从夏天起,交了个男友,是一家贸易行的职员,阿紫称呼他高凯,可是,她说,高凯只是个外号,因为那男孩很高,至于那个凯字,阿紫就嘻嘻哈哈笑着,说是"想想就了了"。阿紫这回对高凯似乎非常认真,冰儿常说:"带他来呀!让我们大家见见呀!"

阿紫看看冰儿,笑着摇摇头:

"我不鼓励他来学习'三人行'!"

三人行?阿紫提醒了李慕唐,是的,他烦恼而抑郁地想着,就是这三个字:三人行,他、冰儿、徐世楚,已经变成这么糊里糊涂的局面了!这晚,他一看到徐世楚和冰儿挤在一堆,血就往脑袋里冲去。何况,他忙碌了一整天,真想和冰儿静静地、温柔地、恬淡地、舒适地度过一个晚上。看到徐世楚,他知道什么柔情蜜意都免谈了。"徐世楚!"他没好气地问,"你来多久了?"

"我去接冰儿下班的!"徐世楚坦荡荡地回答,"我们去吃生鱼片!还买了一样东西,你看!"

他看过去,居然是个风筝。一只桃红色的大鸟!

"我们周末去放风筝!"徐世楚热心地说,"你知道,秋天是放风筝的季节吗?"

"已经秋天了吗?"

"是啊!台湾的秋天,来得晚一点。但是,杉林溪的枫叶,已经红了。"

"杉林溪?"他错愕地问,"杉林溪在什么地方?"

"唉唉!"冰儿叹着气,缩在那沙发中,根本没站起来,她穿着件没袖子的短衫,一条"很凉快"的短裤,修长的腿伸在沙发上,徐世楚卷着风筝线,手和胳臂就在她那美好的大腿上碰来碰去。"你真孤陋寡闻啊!"冰儿微笑地瞪着他,"你怎么连杉林溪都不知道呢?杉林溪在南投县,从溪头开车上去,大概再开一小时就到了。那儿一到秋天,枫叶都红了,遍山遍野,真是好看。山上还有一种石楠花,五朵花集合在一起,开得像绣球花一样,还有两个瀑布,还有神木,还有小溪,还可以钓鱼……"

"你对那儿,还真熟悉嘛!"他瞪着冰儿。

"是啊,去年十月,我们在那儿住了三天,徐世楚开的车,我们不只玩杉林溪,还去了凤凰谷。真好玩!"

"所以,"徐世楚接口,"我们计划这个周末,再去旧地重游。刚好我弄完了一档节目,可以有一星期的假,冰儿说,她可以在公司里请三天假,加上周末和星期天,就足足有五天了。慕唐,你呢?"慕唐看看徐世楚,再看看冰儿。

"你们的计划里,包括我吗?"

"当然啦!"冰儿飞快地接口,"你是主角嘛!我们都去过了,只有你没去过!"

"冰儿!"他站在沙发前面,深沉地注视着她,"你认为,我的那些病人,都会联合起来,集体停止生病,以便于我这个医生出去旅行吗?"

冰儿的脸色变了。清亮的眸子立刻黯淡下去,唇边的笑容也不见了。"和医生交朋友,"她喃喃自语,"就这么煞风景!从来没有假日,从来不能休息!"

"冰儿,你一开始就知道我是医生吧?"他的语气有了火药味。

"是的!"冰儿说,"伟大的医生!不朽的医生!救人救世的医生……"

"如果你对我的职业不满意,"慕唐打断了她,伸出手去,把她从沙发深处拖起来,因为她那裸露的胳膊和大腿,始终在徐世楚的活动范围之内,"我非常抱歉,因为,我是不会为你转换职业的!"

"你会为我做什么呢?"冰儿站起身子,和他面对面地站着了,她的双臂搁在他的肩上,两眼深深地盯着他,"我从来没有'看'到你为我做了些什么。"

房间里的气氛紧张了起来。

"是吗?冰儿?"他问,"如果你没有'看'到,你是瞎子!如果你没有'听'到,你是聋子!如果你没有'感觉'到,你是呆子!"

"你说得很好听,"冰儿说,固执地凝视他,"我想,我可能是瞎子,是聋子,是呆子!我还是不觉得,你为我做过些什么。你曾经说,你爱我胜过于生命!可是,我现在只要求你请几天假,陪我去杉林溪……"

"病人是没有办法向疾病要求放假的!"

"这么说,你是不去杉林溪了?"

"好了!冰儿!"徐世楚从沙发里跳了起来,"慕唐没有时间去,我们约阿紫和高凯一起去,那位高凯,我早就想认识认识了!我们可以在山顶上比赛放风筝,到河里比赛划船。我跟你说,慕唐不去,我们还是可以玩得很开心的!"

冰儿仍然凝视着慕唐。

"慕唐,"她的声音忽然变得无比轻柔,她的胳膊在他脖子上用力勒了勒,她的身子软软地贴着他的,"你真的不去吗?请你陪我去好吗?你可以挂出休诊三天的牌子,那些病人,他们还可以找别的医生,台北又不是只有你一个医生!"

他动摇了,在冰儿柔媚的凝视下动摇了。

"你知道,"他挣扎着说,"把娱乐放在工作的前面,是很不理智的事!"

"你一定要做理智的事吗?你生活里,不能有一点不理智的事吗?"

"你就是我最不理智的事,遇到你,已经让我的生活大乱了。"

"是你的不幸吗?"她盯着他。

"唉!"他叹了口气,"是我的不幸。"

"后悔吗?"

"不。"他摇头,"永不后悔。"

她悄悄地笑了,眼睛又发亮了,"那么,我们一起去杉林溪吗?"

"你一定要去吗?"他反问,"你非去不可吗?"

"是。"她任性地说,"我已经兴奋了一个晚上了,计划了一个晚上了!"

"慕唐!"徐世楚插嘴,"不要泄冰儿的气。冰儿连旅行服装都已经准备好了!"

"那么,"李慕唐的怒火又往上冲,"如果我不能去,你们是不是仍然照原定计划去?"

徐世楚不说话,冰儿屏息了片刻。

"是不是?"他大声问,"如果我不去,你们去不去?冰儿,你说!"

冰儿抬眼看他。"你为什么要那么凶呢?"她很委屈地说,眨动着睫毛,"你认为你不去,我就不可以去,是不是呢?"

"是!"慕唐忽然冲口而出。

室内顿时安静了。冰儿看了他片刻,把手臂从他肩上放了下来,她走回到沙发边,坐了下去。徐世楚慌忙在她大腿上拍了拍,柔声说:"冰儿,别生气,慕唐不过说说而已……"

"徐世楚!"慕唐忽然大声喊着,声音之大,把他自己都吓了一跳。他突然间爆发了，完完全全地爆发了。在他胸中积压已久的闷气，像一股火山口的岩浆，蓦然间冲出火山口，迸发出一场无法遏制的大火。他对着徐世楚的脸，指着他的鼻子说："你给我滚出去！徐世楚，你听着，我和冰儿之间的账，我们自己会算，用不着你搅在里面！你少开口！少管我们的事！现在，你滚出去！让我和冰儿单独说话！"

这是一个好大的炸弹，整个屋子都被炸得摇摇欲坠了。徐世楚的脸色，顿时涨红了，连脖子都涨红了。而冰儿，却相反，整个面孔上的血色都没有了。

徐世楚从沙发里直跳起来，他瞪着李慕唐，连眼睛都发红了，他喘了一口大大的气，说：

"李慕唐，你叫我滚，是吗？"

"是！"李慕唐吼着，"我叫你滚！"

徐世楚掉头看冰儿。"冰儿！"他喊，"你也要我滚吗？"

冰儿深深地抽了一口冷气，立即飞快地扑奔过去，拦在徐世楚的面前。她苍白着脸，对李慕唐说：

"慕唐，你有什么资格，叫徐世楚滚！这儿是我的家，我的屋子，徐世楚是我的朋友，你凭什么叫他滚？你以为你和我谈谈恋爱，你就可以垄断我的生命，扼杀我的快乐，赶走我的朋友吗？你未免自视太高了！你未免欺人太甚了！"

"冰儿！"他喊着，胸口的怒气越来越重，声音越来越响。冰儿这一连串的问话，粉碎了他心中的柔情。像是一盆夹带着冰块的水，对他兜头淋下，他只感到整个心脏都在绞痛。而怒气却奔腾着从他嘴里冲出来："冰儿！我没有资格赶你的朋友，我没有资格说任何话，我不该垄断你的生命，扼杀你的快乐！可是，你必须认清楚……"他一直问到她脸上去，"你生命里只能有一个男人，不是他，就是我！你不能一辈子脚踏两条船！你现在可以选择，如果你要他，我滚！你说，你是要他？还是要我？"

冰儿脸上闪过一丝痛楚。

"你一定要我选择吗？"她大喊，"你是一个暴君，你是一个独裁者！你自私，你根本不了解我，你连生活的艺术都不懂！你是个工作狂！你根本和我在两个极端的世界里。"

"很好！"李慕唐打断了她，沉重地呼吸着，"你已经选择了！徐世楚，祝你们幸福快乐！冰儿，当你下次自杀的时候，拜托不要来推我的门！再见！"

他冲出了那房间，重重地带上了房门。当房门"砰"然一响时，他觉得，自己整个心灵，都被震碎了。

第十三章

彻夜无眠。但是，时间不会因为你不睡就停止的，也不会因为你心碎而停止的。工作更不能因为你失恋就可以罢工，病人也不会因为你心情难受就不上门……所以，第二天，日子还是照常地过下去。照样是那么忙碌，一个病人又接一个病人，都不是什么疑难杂症，老人家的血压太高，小孩子的扁桃腺发炎，以至于一年四季，永不停止地感冒。这样也好，忙碌可以让人不去思想。但是，他却常常感到像闪电似的，有股尖锐的痛楚，就强烈地从他心底闪过去。这股痛楚，来无影，去无踪，却在整天之内，发作了七八十次。他是医生，他却无法治疗这种彻心彻肺的痛楚。午餐几乎没有吃什么。晚上也淡而无味。生活一下子变成了空荡荡的，即使有那么多病人，即使小魏、小田都叽叽呱呱，爱说爱笑，生活却一下子失去了声音。他常会在诊病的中途发起呆来，只为了某种潜意识的期盼——门外的脚步声会是她吗？窗外的人影会是她吗？候诊室的笑声会是她吗？弹簧门的开动会是她吗……

没有。不是她，任何声音都与她无关。她现在正飘在桃红色的云上，与桃红老鹰共翱翔。

晚班护士来上班了。朱珠和雅一带来了一串笑语喧哗。雅一推开他的门，笑嘻嘻地嚷：

"李医生，朱珠要请你吃喜饼！"

哦？他看过去，朱珠果然捧着两大盒喜饼进来了，她圆圆的脸蛋上洋溢着喜悦，眉梢眼底，绽放着青春的光华。她把两盒大红色的、上面写着"囍"字的饼盒放在他桌上，快乐地、坦率地、甜蜜地笑着："李医生，上星期天我订婚了，诊所太忙，我也不敢请假。本来，要请你去参加的，看你也忙得……哈哈……"她笑着，心无城府地，"难得一个星期天，不敢耽误你和冰儿小姐的聚会……反正，我们本省习俗，订婚只是个形式，送喜饼，通知亲友而已。改天，结婚时，再请你喝喜酒。"

他注视朱珠。那张爱说的、小巧的嘴，那对温柔的、和煦的眼睛，那张永远沐浴在阳光下的脸庞。平平淡淡的朱珠，她会给一个男人平平凡凡的生活：没有狂风骤雨，惊涛骇浪，却有宁静安详。朱珠，善解人意的朱珠，得到她的男人有福了。"你未婚夫叫什么名字？"他提起精神来问，一向和朱珠、雅一都像一家人，居然，她订婚了，而他却不知道那男孩是谁。这一年来，生活多么反常呀！

"他和你同姓，姓李，是学工的！"朱珠笑着，"在一家工厂当工程部的技师！"

"哦？怎么认识的？"他笑着问。

"呵呵呵！"雅一大笑起来，"就是她家那口鱼池呀！总算没有白搁着！"

"怎么说呢！"

"别听她乱盖！"朱珠打断雅一，笑得更加甜蜜了，"是这样的，李茂生是我哥哥的朋友，他们都在南雅工厂上班，今年三月间，我哥哥带了他们一大伙朋友来我家，又钓鱼，又唱歌，又吃烤肉的，闹得好开心。从此，他们就每个星期都来，到了夏天，我和李茂生就走得很近了。有一天，我们又合力钓起了一条大鱼……"

"说来说去，"雅一笑嘻嘻地，"就是她家那口鱼池哪！那鱼池有点怪，专门撮合姻缘。朱珠，下次你也约我去玩玩好吗……"

"你又不是没去过！"

"我去的那次全是女生，你安心不让我见李茂生，怕被我们抢去……"

"你胡说！你自己的那位元刘大记者呢？怎么说，偷偷摸摸交了大半年了，以为我不知道呀……"

"不许说！不许说！"两个女孩子拉拉扯扯，笑成了一团。

"怎么，雅一，"李慕唐注视雅一，"你也有男朋友了？是不是也要请我吃喜饼了？"

"吃喜饼？"雅一羞红了脸，那一脸的娇羞，竟也楚楚动人，"没有那么快啦！大概要到农历年的时候！"

"哈！"朱珠大叫，"原来你也要订婚了，你瞒得真紧，李医生不问你，你还不说呢！"

"不是不说，"雅一笑着往配药处躲去，"你又没问我，难道我还该弄个大喇叭，沿街叫嚷着我要订婚了？"

朱珠掩口而笑，对李慕唐说：

"她在骂我呢，因为我一交男朋友，全天下都知道了！她说我是大喇叭！"

哦？是吗？李慕唐有些歉疚，全天下都知道了，只有他这个医生，什么都不知道。这些日子来，他的字典里只有两个字：冰儿。随着这两个字的出现，他心底的抽痛又立即发作了，他不由自主地，吸了口气。

"李医生，"朱珠关怀地问，"你没有不舒服吧？你今天脸色不太好！"

"我没事。"他注视朱珠，"预备什么时候结婚？"

"过农历年的时候。"朱珠坦白地说，"所以，到时候要向你辞职了。"

"辞职？"他一怔，"你先生不许你在外面工作吗？

你是一个很好的护士,结了婚就辞职,不是太可惜了?"

"李茂生根本不在乎我工不工作。"朱珠说,"他的工厂就在三重,我们可以住台北。问题是,我总觉得,既然决心嫁给他了,就该以他一个人为重心,在家里做个好太太就行了。我对自己的工作,并没有野心……换言之,当我决心结婚的时候,我就把这个婚姻——这个男人,当我的事业,我不想因为我的工作问题,造成两人间的不愉快。总之,这是个男性社会,对不对?"

李慕唐惊奇地看着朱珠,这是个"现代女性"吗?曾几何时,现代女性的观念又改了?从"走出厨房"又变回到"走入厨房"了?但,不管怎样,娶到朱珠的男人是有福了。他正想再说几句什么,有病人登门了,朱珠忙着要去挂号处,她转身匆匆走开,走了两步,又回头嫣然一笑,指着那喜饼说:"我多拿了两盒来,请你的冰儿小姐吃!还有阿紫!"她深深看他,又加了一句,"李医生,希望我辞职以前,能够先吃到你的喜饼!嘻嘻!"她笑嘻嘻地跑进挂号处去了。

李慕唐坐着,心底的抽痛又来了。这次发作得又凶又猛,从胸口一直痛到他四肢百骸里去。

深夜,收工了。慕唐回到了他的单身宿舍。开亮了一盏落地灯,他在灯下坐着。脑子里模糊地想着朱珠,朱珠和她的鱼池,朱珠和她的未婚夫,朱珠和她的事业……他模糊地想着,深深地把自己埋在安乐椅中。想朱珠,最大的优点,是可以不要想冰儿。冰儿,怎么这个名字又出现了呢?怎么那股痛楚会越来越加重呢?他用双手紧抱住头,企图扼制那份思想。但是,那思想像脱缰的野马,在他脑海里奔驰:冰儿!冰儿!冰儿!马蹄剧烈地在脑中踹着,哦!冰儿!他的头疯狂地疼痛起来。

门铃骤然响了起来。冰儿!他惊跳,由于起身太猛,落地灯打翻了。他扶起了灯,直奔向门口,一下子打开了大门。

门外不是冰儿,而是阿紫。

"阿紫!"他低呼着,有些失望,也有些安慰。阿紫,一个和冰儿十分亲近的人物,她最起码可以赶走室内那份紧迫的孤独。阿紫走了进来,关上房门。她的脸色凝重而温柔。

"慕唐,听说你和冰儿闹翻了?"她开门见山地问。

"唔。"他轻哼着,"你喝茶?还是咖啡?"

"你少来!"她夺下他手中的杯子,把他推进沙发里去,"请你坐好,我自己会来泡茶。"她熟悉地泡了两杯茶,看到桌上的喜饼了,"谁订婚了?"

"朱珠。"

"阿朱啊!"阿紫叫着,不知何时,阿紫和朱珠间,就很巧妙地利用了金庸小说里两个人物的名字,彼此称呼阿朱和阿紫了,"她和李茂生订婚了?好啊!他们很相配,李茂生忠厚诚恳,阿朱温柔多情。"

"原来，你也知道阿朱的事！"

"是呀，我和阿朱、雅一都很熟悉了呢！"她坐在慕唐对面，收起了笑容，正视着他，一本正经地说，"不过，我今晚不是来和你谈阿朱的，我是来和你谈冰儿！"

冰儿！他的心脏又紧紧地抽痛了一下。

"她告诉你了？"他问，声音十分软弱。

"是。"她坐正了身子，双手捧着茶杯，她的眼睛，非常深刻、非常严肃地盯着他，"慕唐，你决心和冰儿分手了吗？"

他震动了一下。分手，两个好简单的字，像两把刀，上面还沾着血迹。分手！"我想，这不是我决定的，"他抽了一口气，"是冰儿决定的！我——再也没有办法，继续维持三个人的局面，她必须在两个人中选择一个！她选了徐世楚！"

"你很意外吗？"阿紫深切地问。

"我……"他思索着，"来不及意外，只觉得痛楚。"他回答得好坦白，在阿紫面前，用不着隐瞒自己那受伤的情绪和自尊。

"唉！"阿紫长长地叹了口气，"我曾经想救你！记得吗？慕唐？当你和冰儿一开始发生感情，我就飞奔着跑来，想阻止这一切，想挽救这一切，可是，来不及了，你一陷进去，就陷得好深好深，完全不能自拔。"

"阿紫！"他愕然地喊，"难道你在那时候，已经预见我们今天的结果?"

阿紫凝视他,眼神是悲悯的、难受的、同情的。

"我对你说过,"她低语,"他们两个会讲和。我问过你,如果到那时候,你要如何自处?我——我实在……实在是提醒过你,暗示过你!"

"为什么……"他有些糊涂,他甩了甩头,想让自己的脑子清醒一些,"你能预见这一切?你早知道,我的力量如此薄弱吗?"

"不。我一度把你的力量估得很强。"

"但是,你估错了?"他悲哀地问,"我仍然斗不过那个徐世楚,我无法让冰儿对我死心塌地!可是……"他懊恼地用手扯着头发,逐渐激动起来,"冰儿和我,也曾生死相许,难道爱情是如此脆弱,如此禁不起考验的东西?还是因为我错了?我该忍耐,我该让冰儿慢吞吞地在我们两个人中选择?我该一直维持三人行的局面?但是……"他仰躺进沙发深处,眼睛瞪视着天花板,他的心脏绞扭成了一团,"我受不了了!阿紫,我再也受不了了!或者我太自私,冰儿说对了,她说我自私,我是太自私了,我的眼睛里就容纳不下一粒沙……我……"他闭上眼睛,"我没有办法!这种恋爱,对我而言,是一种折磨!"

"慕唐!"阿紫扑过来,热心地看他,"你不要自怨自艾好吗?我今晚来,就是想把一切都说清楚!如果你会痛，也痛这一次吧！狠狠地痛一下，总比零刀碎剐好！"

他有些惊惧。"你要说什么？"他问。

"我想……冰儿从没有爱过你！"她清晰地说。

"什么？"他错愕地。

"慕唐，你实在不了解冰儿。"阿紫飞快地接口，"冰儿的生命里，除了徐世楚，从没有过第二个男人。她的感情非常浪漫，非常强烈，非常戏剧化，非常孩子气，也非常痴情！她碰到了徐世楚，这个徐世楚，符合了她所有的要求：浪漫、强烈、刺激、戏剧化，而且童心未泯。于是，他们恋爱了，爱得天翻地覆，死去活来。可是，冰儿的痛苦是，徐世楚并不专情，他随时在变，见异思迁。为了徐世楚的不专情，他们吵过、闹过、分手过、和好过，甚至——自杀过。"

"这些事，"李慕唐沉声说，"我都知道。"

"是的，"阿紫再叹了口气，"这些你都知道。说一点你不知道的。第一次冰儿变心，是去年年初，冰儿忽然在三天内和一位元电视编剧，陷入情网，同时，宣布和徐世楚分手。徐世楚这一下吓坏了，他费了九牛二虎之力，再把冰儿追了回来。那位元电视编剧和冰儿的爱情维持了两星期。第二次，是去年夏天，徐世楚故态复萌，又心生二意，于是，冰儿再度在三天内恋爱了，对方是个大学生，比冰儿还小两岁。当然，徐世楚又慌了，历史重演，徐世楚拼命地追，大学生黯然而去。冰儿和这大学生的感情，维持了大约一个月。至于你……"她深深地注视他，慢慢地说了出来，"已经是维持得最久的一个了！"

李慕唐的背脊挺直了，脸色变得死一般苍白。

"你在暗示我……"他哑声说。

"不，我不在暗示，"阿紫继续凝视着他，"我在清清楚楚地告诉你。你有最强的分析能力，你有思考和组织的能力，不要让感情把你的视线完全蒙蔽。冰儿，她的心并不坏，她也不是在玩弄手段，她只是太爱徐世楚了。当她发现只要她变一变心，徐世楚就会弃甲投降，她就在有意与无意之间，利用着这件事。所以，历史一再重演了又重演，我在旁边看同一幕戏，也已经看到第三场了。"

李慕唐倒进沙发里，闭上眼睛。现在，已经不是心脏痛楚的问题，他的头晕了，思绪混乱了，背上发冷了，而额上，大粒大粒的汗珠，都冒出来了。他觉得自己被猛力摔进一个无底的冰洞里，在那儿沉下去，沉下去，沉下去……却一直沉不到底。他抓住了沙发的扶手，手指深陷到沙发的海绵里去。冰儿，他心中"绞"出了这个名字。冰儿！这太残忍！太残忍！太残忍！

"慕唐。"阿紫的手，温柔地盖在他手上。

"别碰我！"他像触电般把手抽了回来，他抬起头，眼睛发红，声音发抖，他瞪视着阿紫，暴躁而悲痛地喊了出来,"你为什么要告诉我这些?你为什么不让我保持一丝丝的幻想?一点点的自尊?你为什么要出卖你的朋友?你为什么不闭紧你的嘴,咽住冰儿的秘密?你为什么要告诉我?为什么要告诉我?"他吼着。

"因为……"阿紫从沙发里站了起来,把茶杯重重地放在桌上,她的背挺得笔直,眼睛深刻而黝黑,"我不忍心看到你继续在那儿做梦!因为我心目中的你,远远超过以前那两位男士,我不要你受到更深的伤害!"

"那么,你早在干什么?你为什么不早一些告诉我?为什么不在一开始就告诉我……"

"我试过的!"阿紫悲哀地说,"但是,仍然太晚了!我怎么料到,像你这样一个稳重、博学、有主见的大男人,仍然会在三天之内,被冰儿收得服服帖帖!我曾经骂过你荒唐,记得吗?我曾经骂过你是笨蛋,你记得吗?但是,你对我怎么说的?你说,你爱冰儿,更胜于爱自己!当时,我就抽了口冷气。事情已经演变到了那个地步,我只有勉强我自己,去相信这一切都是真的,相信这一次,冰儿不是做戏给徐世楚看,而是真正爱上你了。因为——"她长长地叹息,"我一直认为,你比徐世楚,强了太多太多!我对你们两个,也有着真心的祝福和期望!谁知道……"她停住了。

谁知道有一个笨蛋,相信自己是一片草原,绿油油的,广大、平实,而充满了生机!谁知道有个笨蛋,只要别人给他喝一点点酒,他就会"醉"得分不清东南西北,忘记了天地玄黄。谁知道那个女孩——冰儿,如此晶莹剔透,闪亮夺目,却会这样翻手为云,覆手为雨!他昏昏沉沉地站着,昏昏沉沉地想着。冰儿的话又荡漾在他的耳边:

"请允许我,为你重新活过!"

他的手,用力地压住了胸口。不,冰儿,这太残忍了!太残忍了!你把一个男人所有的骄傲与自信,一起谋杀了!

"或者,你会恨我告诉了你真相,"阿紫咽了一口口水,继续说,"或者,你愿再抱着一个梦想,冰儿会重回你的怀抱!或者,你根本不相信我告诉你的故事!也或者,"她顿了顿,"是我错了,冰儿并非做戏,而是真的爱上了你……不管怎样,我今晚不顾后果地跑到你这儿来,不顾后果地把我所知道的事都告诉你,我的动机只有一件:慕唐,"她诚挚地说,"你那么坚强,那么理智,那么深刻……你不要让自己再陷下去了!也不用为这段感情太伤心!"

他重重地呼吸,眼睛望着窗外的天空。

"阿紫,"好半晌,他才幽幽地说,"我不坚强,我不理智,更谈不上深刻!我想我已经陷得太深太深了!但是,阿紫,请放心,我还是会好好地活着,好好地工作,我相信……"他深深呼吸,"我会慢慢恢复,找回自我。

毕竟，这地球还存在，太阳也没有和别的星球相撞。毕竟，这不是世界末日！"

是的，这不是世界末日。天空中，繁星依然璀璨，月光依然明亮。台北市的万家灯火，依然闪烁。这不是世界末日，他挺直了背脊，凝视着漠漠无边的远方。

那一整夜，他就站在那儿，眺望着夜色里的穹苍，阿紫是什么时候离去的，他根本不知道。

第十四章

一星期后,李慕唐写了封信给冰儿。

冰儿:

我要告诉你一个故事。

中国有许多笔记小说,有许多传奇故事,我要告诉你的这个故事很短,出自一本名叫《琅嬛记》的书。

据说,有一位书生,名字叫沈休文。有一天,沈休文在他的书房中独坐读书,当时天正下着小雨,风飘细雨如丝。沈休文忽然看到有个女孩,手里拿着纺纱织布用的络具,她一边走,一边把雨丝收束起来,用络具纺着雨丝。就这样随风引络,络绎不断。纺着纺着,她就

走进了沈休文的书斋,把她用雨丝所纺成的轻纱,送给了沈休文,并且告诉他说:

"这丝名叫冰丝,送给你做成冰纨。"

说完,这女孩就不见了。沈休文后来把冰丝做成衣裳,又做成扇子,终年随身,视为珍宝。

冰儿,这故事好短,就这样结束了。我常常想,沈休文这一生,还能抛开那冰丝吗?还能忘记那纺雨的女孩吗?那细雨如丝,随风引络的画面会从他眼前消失吗?还有——还有……那女孩真的消失了吗?

这是中国古代的故事,真不相信这些记载。原来,中国这民族,自有她浪漫的一面,浪漫得那么美,浪漫得那么"不真实"。然后,我要告诉你一个现代的故事。同样的故事,发生在今年年初,一个"风飘细雨如丝"的晚上。有个很笨的医生,名字叫李慕唐。李慕唐独坐在他的诊所里,忽然有个女孩出现了,双手握着两束雨丝,穿着长裙曳地的白礼服,笑吟吟地走进门来,把她手中的"冰丝"送给了李慕唐。

冰儿,这是一个开始。

冰儿,让我告诉你我是怎样一个人吧!当你在那雨夜里出现以前,我一直是个平凡的、努力的、追求一种朴实生活的男人。我不浪漫，也没有幻想，更不做梦。我和细菌、病症、人体器官打交道，从没有想到过我会碰到什么浪漫的事，更休提这浪漫的事还会改变我的一生。那些神话一般的爱情小说，我一直认为只是"解闷"的工具而已。不能相信，无法相信，也不去相信的。

然后，你出现了，有冰雪般的纯净，有火焰般的热情，有画一般的美丽，有诗一般的幽情。你怎样强烈地震撼了我！你怎样强烈地吸引了我！你怎样打开了我的视野，把我一下子就带入了你那个浪漫的世界里去了，而这世界，居然如此色彩缤纷，光怪陆离，使我心魂俱醉，而目不暇接。我想，就在那个晚上，你已经将你手中的冰丝，织成冰纨，披在我的肩上了。冰儿，我非铁石，我乃血肉之躯，这件冰纨，来自仙境，一旦附体，居然把我包裹得紧紧的了。冰儿，如今回忆起来，我身上这件无形的外衣，就是你那天晚上给我披上的。从此，我就不由自主地卷进你的神话世界里去了。冰儿，我很希望我这封信写得有条有理，但是，我执笔时，心情已十分迷糊，如果凌乱，请你把络具拿出来，不妨重新络过。我前面写了那么多，只是要告诉你，一个很平凡的医生，对爱情根本没有憧憬与梦幻的医生，怎会被你捉住的。哦，冰儿，不要以为是你把我灌醉了，不要以为我相信自己是个大草原……都不是。真正网住了我的，是那个下雨的晚上，你纺雨为丝，把我网住了的。从此，我就没有脱下我的冰纨，从此，我就一头栽进去，不可救药地爱上了那个纺雨的女孩，她的名字叫冰儿。好长一段时间，我欺骗着我自己。我跟着你、阿紫、徐世楚四个人一起玩，看着你和徐世楚卿卿我我。我认为我是个旁观者，与整个故事无关。瞧！冰儿，我一上来就说过，有个"笨"医生。我愚鲁如此，迟钝如此，我怎配得上你那件冰纨！可是，要发生的仍然发生了。记得那个晚上吗？你第一次走进我的单身宿舍？当你对我说："请允许我，为你重新活过。"我心已醉，我魂已飞，我的思想和心灵，都"醉死"在你的软语低声里。啊，冰儿，那晚，你把第二件冰纨又披上了我的肩。

接下来的日子，你纺过雨，你纺过阳光，你纺过雾，你纺过月光，你是生来的织女。你把纺好的每件冰纨，都一一抛在我肩上。冰儿，我就是这样，被你的冰纨装饰起来了。有一度，我以为我会发光,而这光彩会吸引你,事实不然,发光的是冰纨,那一层一层的冰纨,每件冰纨,都是你织的,不是我造的。如果有一天,你把冰纨再一件件收回,你就会发现,那裸体的我,只是一具平凡的躯体而已。冰儿,我不知道我有没有把我的感觉说清楚。上星期,你和我"分手"了。

从来,我没有如此痛楚过。生平第一次,我承认那些小说家笔下"心碎"的字样。那"心碎"两字,实在不科学,医学大辞典里,从没有"心碎"这种怪病,想想看,"心碎"是什么局面!再大的撞击力,也不会把心撞"碎"的。这种既不通又不合逻辑的名词,真不知道那些没"知识"的人怎么会发明出来!可是啊,冰儿,我终于承认,心会碎了,因为,我就是个活生生的例子。

我们分手后,阿紫来看过我。好心的阿紫,是另外一个织女,她也纺纱织布,织出的是纱布,专门包扎伤口用的。她那么急切地想包住我的伤口,当她发现我心已碎时,她甚至穿针引线,为我缝纫起来,她把我"缝"得更痛楚了!但是,她说:

"如果你会痛,也痛这一次吧!"

所以，冰儿，我知道了所有的故事。关于电视公司的编剧，关于那个大学生，关于我。

如今，我坐在这儿给你写信，请你相信我，我已经心平气和。阿紫曾问我恨不恨你。哦，冰儿，我怎会恨你呢？如果不是你给我披上那件冰纨，我怎知道还有另一个世界？不。冰儿，你送给我的东西，来自一个神仙世界，不是每个凡人都有机会获得的。你瞧，世界上还是有千千万万没披过冰纨的人，在那儿拼命攻击"浪漫""爱情"和"梦"呢！我原本也是那些人中间的一个啊。不，冰儿，我一点都不恨你。非常非常诚实地说，不论你在谁的身边，我对你，都只有感激，只有深深的感激。现在，让我们来谈谈徐世楚吧！

徐世楚，一个好优秀的男孩子，帅气、聪明、幽默、热情，同时，还具备最好的仪表。这种男孩一向就是女孩子所喜欢的。冰儿，你当然爱他。可是，我现在必须提醒你一件事，你不是个凡间的女孩，你是来自神仙境界的。你有纺雨络丝的本能，你又喜欢把织好的冰纨披在你身边的男人身上。那徐世楚，他和你认识已久，交往多年。他的身上，早已被你左一件冰纨，右一件冰纨披了个密密层层。于是，你看到一个好亮好光好闪烁的徐世楚。你忘了，发光的只是冰纨。你就那么热爱着这个发光体了。但是，徐世楚毕竟也只是凡人，当那些冰纨把他闷得透不过气来的时候，他会挣扎，他会撕掉那些外衣……于是，他的光彩暗淡了，于是，你就开始痛苦，开始受伤了。

其实，徐世楚也是无辜的。本来，去和一位"仙子"谈恋爱，就是件痛苦的事。徐世楚生为凡胎，是入不了仙籍的，这并不是他的错。我们这些人，本就庸庸碌碌，都是凡胎。徐世楚和"仙子"谈恋爱谈累了，总会退而求其次，去找几个属于"人间"的女孩来轻松一下。当他"变"时，你惊慌失措，于是，也去"人间"抓两个傀儡"应变"。你们的故事，就是这样反复重演的。我相信，到我为止，这故事仍然没演完，还会继续重复下去。所以，我真为你担心。

冰儿，这封信已经写得很长了。我仍然不明白，你到底有没有看懂我的意思。这些日子，我仔细思量，我真为你担心。冰儿，你已经纺雨络丝，忙了好些年了。你会不会有一天，突然失去纺雨的能力呢？也会不会有一天，你突然失去纺雨的兴趣呢？当那一天来临的时候，你将如何度过你的岁月呢?冰儿,这世界上充斥的都是凡人。在我遇见你以前,我想过,我将娶一个温柔贤惠的女孩,过一份平静而安详的生活。虽然平淡,却很幸福。与你相遇以后,由于你给我披的那件外衣,使我的感情世界,忽而在山巅,忽而在深渊,忽而在火中,忽而在水里。这种水深火热的恋爱,我总算经历过了。可是,回转身来——我脱下冰纨,站在镜子前面,还我本来面目,我承认了,我本平凡。我不再要求水深火热的爱情了,虽然我知道它是"存在"的。我只要求平凡。

所以,冰儿,我写这封信给你。

你确定你是位"仙子"吗?

你确定要继续"纺雨络丝"吗?

无所谓。冰儿。不过,要认清你自己,也认清你周围的人。你可以继续络雨为丝,不过,去找一个"认识"你的人吧!只要那个人"认识"你生来不凡,他才懂得欣赏你,爱护你,而不会被你的"冰纨"闷死。徐世楚,他大概并不认识你!他从没有真正认识过你。

这世界上到底有谁"认识"你呢?有一个笨医生,经过水深火热的提炼,大概有些认识你,但是,那个笨医生,只是一位凡人,毫无仙骨,大概也配不上你。哦,冰儿,我真为你担心,你这样继续当仙子,只怕高处不胜寒。我不知道"仙子"有没有年龄限制,我们一般凡人,到了老年,就失去少年时期的冲劲干劲了。如果"仙子"也会老、再也纺不了雨,织不成丝,那么,她必将孤独!哦,冰儿,孤独的凡人犹可耐,孤独的仙子恐怕比凡人更悲哀!冰儿,请为你的未来想一想吧!最后,谢谢你,冰儿。谢谢你给过我的美好时光。谢谢你那件"冰纨",我将把它折叠起来,收入我的樟木箱子里,永远珍藏!但是,我不会再穿它了。我总算把它脱下来了——我已甘于平凡。

冰儿,珍重!珍重!珍重!

永远爱你的慕唐
写于十月十一日灯下

又及:如果有一天,你对"仙子"的生涯厌倦了,不妨来找我聊聊天。我虽平凡,对于你的"境界"仍然是了解的。

又又及:如果有一天,你对"平凡"的生活感兴趣,请务必来找我,我将请你喝杯淡淡的酒,谈谈"平凡人"的未来。

第十五章

信是直接送到冰儿的信箱里去的。

十天的日子静静地过去了,天气转凉了,傍晚时分,天上飘起了一阵蒙蒙细雨。风飘细雨如丝,这种季节,令人惆怅。下班后,照例是夜深了。李慕唐关好了灯,锁好了门,拖着疲乏的脚步,走上四楼,往他的单身宿舍走去。

在房门口,他惊奇地站住了。

冰儿正斜倚在门边等待着。她穿着件非常简单的白衣长裙,脸上未施脂粉,洁净而雅致。头发已经半长了,松松散散地垂在耳际。她浑身上下,干净得一尘不染。她就这样站着,双手交握地放在裙子前面,脸上带着一个无比温柔、无比沉静的笑。

"哦,冰儿,"他怔着,"怎么不去诊所呢?"

"我算准了你的时间,并没有等你多久。我想,在你家门口,是应该有个平凡女人在等待的时候了。"

他的心狂跳了几下。不,不用自我陶醉,历史往往会重演。他把房门打开,两个人一起走进了门内。

关好了房门,他们静静相对。

"哦,冰儿,"他说,"你到底来做什么?"

"我用了三天的时间看你的信,"她说,坦白而真诚地盯着他,"左看一遍,右看一遍,直到我能倒背如流。然后,我用了三天的时间来想你的信,左想一遍,右想一遍,直到我认为我已经懂它的含意了。我又用了三天的时间来分析我自己,到底是凡人还是仙子?到底对纺雨成丝的工作是不是乐此不疲?左分析一遍,右分析一遍,直到我认为总算把自己弄清楚了。所以,我在今天白天,去看了徐世楚,今天晚上,我再来看你。"

"哦?"他应着,心脏沉稳地跳动,他的眼光紧紧地盯着她,她的眼睛是黑白分明的,那么纯净,那么温柔,那么坚定……他有些昏乱,有些迷糊,有些惶惑,有些期待,他甚至不敢说话。

"我跟徐世楚,"她继续说,"从来没有如此理智而平静地谈过话。当然,刚开始有点困难,他是那种从不肯安安静静谈话的人。但是,我总算……"她喘了口气,如释重负,"让他弄明白了,我和他将永远是好朋友,仅止于好朋友,再也不能往前走一步了。换言之,我和他终于在友善而平静的情绪下，结束了我们三年来，像演戏一样的爱情。"

李慕唐一眨也不眨地盯着她。

"再一次的结束？"他低声问，"准备结束多久？你确定是结束？真正的结束？"

"我知道我有前科，但是，请相信我的真诚吧！"

他沉默着，忍不住上上下下地打量她。

她也沉默了。然后，她也开始上上下下地打量他。

最后，还是他沉不住气了，他问：

"你在看什么？"

"一个认识'仙子'的'凡人'！"她微笑起来，忽然幽幽地叹了口气，"这世界上从没有仙子，对不对？所有的仙子都是凡人的梦。"

他不语，心中一片赞许。

"所以，"她加重了语气，"那个什么纺雨络丝的女孩，不过是沈休文南柯一梦，你知道，中国古人很爱做梦。有些现代的医生，遗传了这种特性，也会做起梦来。"

"嗯。"他哼着，"你到底要说什么呢？"

"我本平凡。"她吐出四个字来，仰头望着他，"你说过，如果我对平凡感兴趣的时候，你愿意和我谈谈平凡人的未来。"

他的心再度狂跳，他的呼吸又变得急促，他盯紧了她，哑声问："你知道吗？平凡人的未来都很平凡？"

"例如呢？烧锅煮饭，待客烹茶？"她问。

"那倒不一定。每个家庭有每个家庭不同的平凡，生活的方式是可以协调的。问题是，平凡生活中都有些类似的平凡……"

"例如……"冰儿接口，"这个星期天，我必须跟你回台中，让你的父母弟妹认识我。下个星期天，你必须跟我回高雄，让我的父母弟妹认识你！"

"冰儿！"他惊呼着，不太敢相信自己的耳朵。

"然后，我们需要两位元证人，一张证书。证人，徐世楚和阿紫可以充当，徐世楚要我转告你，他之所以会输给你，是因为他压根儿不知道有个什么《琅嬛记》！不过，他对于你说的，他被我闷得不能透气这件事颇有同感。他说，他让开了，因为，他还不想做很平凡的事，平凡到去买证书、上礼堂什么的。但，他祝福我们！他说——"她又加重了语气，"如此平凡的事，也需要一点勇气去做的！"她顿了顿，静静看他，"我说了这么多，我还不知道你是不是愿意和我做这件平凡的事呢？平凡到去——结婚？"

他屏息两秒钟，然后轻声说：

"冰儿，你怎么敢做这么大的决定呢？"

"因为我是真正地从云端落到地面来了。从头细想，仔细思量，我说了，我费了九天九夜才弄清楚，我到底是怎样的人。我到底爱谁。慕唐,发现自己只是一个凡人的时候,我觉得好幸福!发现有另一个凡人,如此了解我,如此关怀我,如此欣赏我,而且肯如此费力地唤醒我,我觉得更加幸福!我知道了,我这一生,或者做了许多傻事,但我不能放走我的幸福!这种幸福感,是徐世楚从没有给过我的。和这幸福感同时产生的,是一种归属感。突然发现,自己只是个平凡的小女人,想为一个自己所爱的男人,做一点平凡的事,例如——生儿育女。"她停住了,注视着他,忽然有点担忧起来,"或者……或者……"她碍口地说,"我误会了你的意思,或者……你并不想……结婚。是吗?是吗?"

"不,"李慕唐深思着,脸色严肃,"我在想另外一个问题。"

"哦?"她焦灼地仰着脸。

"我们的新房里能不能不漆桃红色?我痛恨那个颜色!"

"噢!"她喜悦地笑开了,用手一把环抱住了他的脖子,她大叫着说,"我们全用绿色!一片绿,像一片大草原;你就是那大草原,绿油油的,宽阔、广大,而充满了生机!"

唉唉!冰儿。他想,你的"仙气"尚未除尽,顺手织就的冰纨又抛了下来。他伸了伸脖子,仿佛把那件无形的外衣给穿上了。这一会儿,就让我们当一当神仙吧！即便是凡人，偶尔也会飘飘欲仙的！我们的故事，结束在所有平凡故事的"结局"上。"他们终于走上了结婚礼堂。"故事是不是就这样停止了？

不，人类的故事，永不停止。"结婚"只是平凡人生活中的一个句点。句点以后，往往是另一个故事的开始。婚姻的学问，比恋爱复杂太多太多！婚姻中的章节，是另一部"长篇"。但是，让我把故事结束在这个句点上吧。因为，我本平凡，我仍然喜爱这种平凡的结局！

一九八五年七月四日初稿完稿于台北可园
一九八五年八月十七日修正于台北可园

（京权）图字：01-2024-1717

图书在版编目（CIP）数据

冰儿 / 琼瑶著. -- 北京：作家出版社，2024.10
（琼瑶作品大合集）
ISBN 978-7-5212-2851-9

Ⅰ. ①冰…　Ⅱ. ①琼…　Ⅲ. ①长篇小说-中国-当代
Ⅳ. ①I247.5

中国国家版本馆CIP数据核字（2024）第089030号

版权所有 © 琼瑶

本书版权经由可人娱乐国际有限公司授权作家出版社出版简体中文版
非经书面同意，不得以任何形式任意重制、转载。

冰　儿

作　　者：	琼　瑶
责任编辑：	韩　星　李　雯
装帧设计：	棱角视觉　纸方程·于文妍
出版发行：	作家出版社有限公司
社　　址：	北京农展馆南里10号　　邮　编：100125
电话传真：	86-10-65067186（发行中心）
	86-10-65004079（总编室）
E-mail：	zuojia@zuojia.net.cn
http://	www.zuojiachubanshe.com
印　　刷：	三河市紫恒印装有限公司
成品尺寸：	142×210
字　　数：	98千
印　　张：	5.375
版　　次：	2024年10月第1版
印　　次：	2024年10月第1次印刷
ISBN	978-7-5212-2851-9
定　　价：	28.00元

作家版图书，版权所有，侵权必究。
作家版图书，印装错误可随时退换。

品琼瑶经典
忆匆匆那年

琼瑶作品大合集

1963 《窗外》
1964 《幸运草》
1964 《六个梦》
1964 《烟雨蒙蒙》
1964 《菟丝花》
1964 《几度夕阳红》
1965 《潮声》
1965 《船》
1966 《紫贝壳》
1966 《寒烟翠》
1967 《月满西楼》
1967 《翦翦风》
1969 《彩云飞》
1969 《庭院深深》
1970 《星河》
1971 《水灵》
1971 《白狐》
1972 《海鸥飞处》
1973 《心有千千结》
1974 《一帘幽梦》
1974 《浪花》
1974 《碧云天》
1975 《女朋友》
1975 《在水一方》
1976 《秋歌》
1976 《人在天涯》
1976 《我是一片云》
1977 《月朦胧鸟朦胧》
1977 《雁儿在林梢》
1978 《一颗红豆》
1979 《彩霞满天》
1979 《金盏花》
1980 《梦的衣裳》
1980 《聚散两依依》
1981 《却上心头》
1981 《问斜阳》

1981 《燃烧吧！火鸟》
1982 《昨夜之灯》
1982 《匆匆，太匆匆》
1984 《失火的天堂》
1985 《冰儿》
1989 《我的故事》
1990 《雪珂》
1991 《望夫崖》
1992 《青青河边草》
1993 《梅花烙》
1993 《鬼丈夫》
1993 《水云间》
1994 《新月格格》
1994 《烟锁重楼》
1997 《还珠格格第一部1阴错阳差》
1997 《还珠格格第一部2水深火热》
1997 《还珠格格第一部3真相大白》
1997 《苍天有泪1无语问苍天》
1997 《苍天有泪2爱恨千千万》
1997 《苍天有泪3人间有天堂》
1999 《还珠格格第二部1风云再起》
1999 《还珠格格第二部2生死相许》
1999 《还珠格格第二部3悲喜重重》
1999 《还珠格格第二部4浪迹天涯》
1999 《还珠格格第二部5红尘作伴》
2003 《还珠格格第三部天上人间1》
2003 《还珠格格第三部天上人间2》
2003 《还珠格格第三部天上人间3》
2017 《雪花飘落之前——我生命中最后的一课》
2019 《握三下，我爱你——翩然起舞的岁月》
2020 《梅花英雄梦之乱世痴情》
2020 《梅花英雄梦之英雄有泪》
2020 《梅花英雄梦之可歌可泣》
2020 《梅花英雄梦之飞雪之盟》
2020 《梅花英雄梦之生死传奇》

♥